EL PRECIO DE SU LIBERTAD

Clare Connelly

Editado por Harlequin Ibérica.
Una división de HarperCollins Ibérica, S.A.
Núñez de Balboa, 56
28001 Madrid

© 2018 Clare Connelly
© 2019 Harlequin Ibérica, una división de HarperCollins Ibérica, S.A.
El precio de su libertad, n.º 2698 - 1.5.19
Título original: Bound by the Billionaire's Vows
Publicada originalmente por Harlequin Enterprises, Ltd.

I.S.B.N.: 978-84-1307-732-1
Depósito legal: M-10315-2019
Impresión en CPI (Barcelona)
Fecha impresion para Argentina: 28.10.19
Distribuidor exclusivo para España: LOGISTA
Distribuidor para México: Distibuidora Intermex, S.A. de C.V.
Distribuidores para Argentina: Interior, DGP, S.A. Alvarado 2118.
Cap. Fed./Buenos Aires y Gran Buenos Aires, VACCARO HNOS.

Prólogo

Seis años antes

–¿Lo ves, Matteo?

A los periódicos les encantaba decir que Matteo Vin Santo no tenía corazón, pero se equivocaban. Ver a su abuelo pálido y débil tumbado entre las blancas sábanas del hospital le hacía sentir una dolorosa punzada en ese mismo órgano. La idea de que solo le quedaban unas horas de vida le estaba destrozando.

–¿Ver qué, *nonno*?

–*Nonno* –Alfonso Vin Santo sonrió con labios secos–. Hacía mucho que no me llamabas así.

Matteo no respondió. Dirigió la mirada hacia las manos de su abuelo. Manos que habían creado un imperio empresarial, manos que habían seguido al frente durante la debacle. Apartó la vista y se centró en las poco inspiradoras vistas de las afueras de Florencia.

–¿Ves el agua? Siempre te ha gustado ver el reflejo del sol en el agua, ¿verdad?

Matteo cerró los ojos. Aunque estaban en una habitación de hospital con suelo de linóleo, veía exactamente lo que decía su abuelo. La vista desde la terraza del Grande Fortuna, el hotel de Roma que una vez fue suyo, y que daba al Tíber por un lado y al Vaticano por el otro.

La rabia, una respuesta familiar cuando pensaba en el hotel, le revolvió el estómago.

–Sí. Es precioso.

–Es más que precioso. Es perfecto –Alfonso suspiró y entonces un pensamiento fantasma le cruzó por el rostro. Un momento de claridad acompañado de dolor–. Fue culpa mía.

–No, *nonno* –Matteo no mencionó el nombre del malnacido de Johnson. No había necesidad de hacer más daño a su abuelo al final de su vida. Pero aquel era el hombre al que había que culpar. El causante de la tristeza actual de Alfonso, él y su obstinada negativa a vender de nuevo el hotel. Una negativa que se había llevado con él a la tumba.

Pero Matteo podía solucionarlo. Y lo haría.

–Lo recuperaré para ti –dijo. Y pronunció aquellas decididas palabras en voz tan baja que no tuvo claro que Alfonso las hubiera oído. Pero daba igual.

Era una promesa que Matteo se estaba haciendo a sí mismo además de al anciano.

Devolvería el hotel a su familia costara lo que costara.

Capítulo 1

TIENE usted cita?

¿Cita? ¿Con su propio marido? Skye apretó con más fuerza el bolso y pensó en los papeles del divorcio que llevaba dentro. Sintió un hilo de sudor entre los senos y se revolvió incómoda. A pesar de que en el lujoso vestíbulo había aire acondicionado, Skye se había sentido sofocada desde que llegó al aeropuerto de Marco Polo. El cansancio del viaje y el agotamiento que sentía desde que se separó de Matteo hacían que se sintiera abrumada por lo que le esperaba.

–El señor Vin Santo tiene toda la tarde ocupada. Lo siento –murmuró la recepcionista con cara de pocos amigos a pesar de la sonrisa empastada.

La voz de Skye sonó suave al hablar, debilitada por la dificultad de lo que le esperaba. El divorcio era esencial, y tenía que ser en aquel momento. Haría todo lo que fuera necesario para que Matteo accediera. Necesitaba su firma en aquellos papeles para poder largarse de Italia antes de que él descubriera la verdad.

–Si le dice a Matteo que estoy aquí le aseguro que cancelará lo que esté haciendo.

La recepcionista apenas pudo disimular su desdén.

–Signorina…?

La sonrisa de Skye reflejó la misma sensación que

la otra mujer. Era un error común. Skye solo tenía veintidós años y solían decirle que parecía incluso más joven. Alzó la barbilla.

–*Signora* –le corrigió Skye con énfasis–. Señora Skye Vin Santo.

Skye tuvo la satisfacción de ver cómo la boca de la otra mujer componía una mueca de sorpresa, aunque se recompuso rápidamente. Agarró el teléfono y se lo llevó a la oreja.

–Lo siento mucho, señora Vin Santo –dijo presionando una tecla y esperando respuesta–. No sabía que el señor Vin Santo estuviera casado.

Skye asintió, pero aquellas palabras le habían molestado. ¿Por qué tenía que conocer aquella mujer el estado civil de su jefe? Aunque no habían estado casados mucho tiempo. Skye le dejó justo después de un mes. Un mes demasiado largo.

¿Cómo pudo haber estado tan engañada durante aquel tiempo? Es más, ¿por qué se había casado con él? Eso era fácil. De la nada surgió la imagen de Matteo en su mente, recordándole cómo estaba la noche que se conocieron. Vestido con un traje de chaqueta, tan guapo y encantador y tan empeñado en seducirla. Ella se dejó muy rápido y él fue muy persistente. Fue el destino, se dijo en aquel momento. Mentiras, descubrió más adelante. Todo mentiras.

Skye escuchó la veloz conversación en italiano sin entender nada. Tenía los ojos clavados en la vista de Venecia, la ciudad que una vez amó con todo su corazón. Una ciudad en la que pensaba que pasaría el resto de su vida. Ahora endureció el corazón a sus encantos, ignorando el suave deslizar de las góndolas cargadas de elegancia y orgullo, el modo en que el agua formaba pequeños picos de luz a través del remolino de actividad. Ignoró el brillante color del cielo y los pájaros que veía pero no podía escuchar. No le hacía falta oírlos para saber cómo sonaban. El batir de sus alas era el aliento de Venecia.

Todo era precioso, pero ya no le pertenecía. Skye se dio la vuelta para volver a mirar a la recepcionista, que se había levantado y se dirigía hacia ella.

–El señor Vin Santo la verá ahora. ¿Quiere tomar algo? ¿Agua, un refresco?

«Vodka», pensó Skye con una sonrisa amarga.

–Agua mineral, gracias.

–Claro, señora. Por aquí, por favor –dijo la recepcionista abriendo camino delante de ella–. La está esperando.

¿Por qué aquellas palabras conjuraban en ella la imagen clara de un lobo? Porque Matteo era un depredador. Un depredador fuerte y cruel. Y ella había sido su presa. Pero ya no.

Skye echó los hombros hacia atrás con gesto desafiante, se preparó mentalmente y estiró la espalda mientras aspiraba con fuerza el aire para reunir valor.

Pero nada podría haberla preparado para aquel momento. El momento en el que se abrió la puerta y vio a Matteo dentro.

Nada.

El aire dejó de existir, fue como si estuviera envasada al vacío. Era un espacio desprovisto de oxígeno, gravedad, razón y sentido. Solo estaban ella y Matteo, su marido. Su guapo, hipermasculino, y mentiroso marido.

Por pura coincidencia llevaba puesto aquel traje que a Skye le encantaba, el azul marino que dirigía la atención a sus anchos hombros y el bronceado. Alzó la mirada hacia su rostro: la mandíbula recta con la barba incipiente que no tenía nada que ver con la moda y sí con su impaciencia respecto a algo tan aburrido como afeitarse. Más arriba estaban los generosos labios y la nariz patricia, pómulos altos que señalaban su determinación, y unos ojos tan oscuros que casi parecían negros si no fuera por las motas doradas que brillaban en sus profundidades.

Unos ojos que ahora la miraban observadores, recorriéndole el cuerpo con aquella pasión y posesión que una vez le resultó hipnotizadora y adictiva. Unos ojos que no se perdían nada, que recorrieron sus pies embutidos en tacones de aguja, subieron por las piernas desnudas y el vestido ondulante que le llegaba justo por encima de la rodillas y la cubría en una misteriosa nube de tela amarillo claro. Tenía los brazos desnudos y Matteo vio un destello de su alianza. Torció el gesto.

Bien. Que se sintiera incómodo con aquello.

Matteo alzó los ojos más arriba hacia su rostro y lo recorrió libremente. ¿Buscando algún cambio?

No había muchos. De hecho Skye habría dicho que tenía exactamente el mismo aspecto que cinco semanas atrás, cuando dejó atrás su casa, su matrimonio y su vida. Todos los cambios eran internos excepto el flequillo que se había cortado la semana anterior porque decidió espontáneamente que necesitaba un cambio, alguna señal exterior de que ya no era la misma mujer que participaba en el show de Matteo Vin Santo.

Había crecido mucho en un corto espacio de tiempo. Apenas reconocía a la mujer que había sido antes, tan ingenua y estúpida y tan confiada.

—Gracias por recibirme —dijo rompiendo el silencio con tono profesional—. No te robaré mucho tiempo.

Ah, qué bien le conocía. Skye vio el brillo burlón

en sus ojos y le molestó. Tenía la capacidad de hacerla sentir estúpida e inmadura incluso en aquel momento, la más adulta de las circunstancias.

Matteo no dijo nada, se limitó a entrar en el despacho dejando espacio para que ella lo siguiera. Lo hizo sin ninguna gana. Había estado en aquella oficina antes y dirigió la mirada hacia la mesa en la que se había sentado para firmar los papeles. Los papeles que fueron el principio del fin.

«–No me quieres, ¿verdad? –se quedó mirando los documentos y entonces todas piezas de información se unieron y cobraron sentido–. Le he preguntado a mi abogado al respecto. Me lo ha contado todo. Tú. Mi padre. La sórdida historia al completo. La razón por la que te casaste conmigo.

Matteo parecía sorprendido y eso la enfureció.

–¿De verdad creías que no me enteraría, que no preguntaría? –agitó el contrato en el aire–. Todo ha sido por este maldito hotel, ¿verdad? El hotel que mi padre le compró a tu abuelo. Un hotel que llevas quince años tratando de recuperar. ¡Dios mío! ¡Nuestro matrimonio es una farsa!

Se hizo el silencio entre ellos.

–Deberíamos hablar de esto más tarde –dijo finalmente Matteo con tono grave–. Tú firma los papeles y esta noche saldremos a cenar.

–¡No se te ocurra tratarme como a una niña! –Skye dio una fuere palmada en la mesa–. Merezco saber la verdad. Quiero oírla de tu propia boca. Este hotel es la razón por la que viniste a Londres. Por la que me conociste, ¿verdad?

Matteo entornó los ojos y durante un instante Skye se preguntó si diría algo para aliviar la situación.

–Sí.

A Skye se le rompió el corazón dentro del pecho. Se agarró al respaldo de la silla.

–¿Y la razón por la que te casaste conmigo?

Él guardó silencio durante un largo instante que la hizo pedazos. Y luego se limitó a asentir con la cabeza, la puntilla para la frágil esperanza que Skye albergaba en su corazón».

Los recuerdos le daban vueltas en la cabeza, pero cuando se cerró la puerta volvió al presente. Estaban solos.

–Vaya, Skye, esto es… inesperado.

–Debiste imaginar que volvería en algún momento –dijo encogiéndose de hombros, satisfecha con lo segura de sí misma que sonaba aunque le temblaban un poco los dedos.

–No imaginé nada de eso –respondió Matteo con tono grave–. Desapareciste al salir de mi despacho sin tener la cortesía de decir adiós.

Skye abrió de par en par sus ojos color caramelo.

–¿Cortesía? ¿Quieres hablar de cortesía?

Matteo entornó la mirada.

–Quiero hablar de dónde diablos has estado.

–Como si te importara –Skye puso los ojos en blanco.

–Mi esposa desaparece sin dejar una manera de contactar con ella. ¿Crees que no me importa?

–Para ti todo es una cuestión de posesión, ¿verdad? *Mi* esposa –Skye sacudió la cabeza enfada, consciente de que estaba librando una batalla perdida–. Estaba en Inglaterra.

–Pero no en tu casa –dijo Matteo.

Y durante un segundo ella sintió una punzada en el

corazón. Porque era la prueba de que la había buscado.

–No –afirmó en rechazo de aquella ternura.

Sabía por qué la había buscado y no tenía nada que ver con la farsa de su matrimonio. Debió enfurecer al descubrir que Skye había cancelado la compra. Que había descubierto las piezas que estuvo manejando secretamente durante su corto y desastroso matrimonio. ¿Acaso creía Matteo que podía mantenerla en una nube sensual tan intensa que no se despertaría nunca y no se daría cuenta de lo que estaba pasando? Y en realidad casi acierta. Había estado a punto de quitarle el hotel sin que ella se diera siquiera cuenta.

–¿Dónde estabas? –insistió Matteo.

–No es asunto tuyo –le espetó ella mirándolo a los ojos.

–Eres mi mujer –Matteo se acercó más y Skye captó una ráfaga sutil de su aroma masculino–. Tengo todo el derecho a saberlo.

Pero aquello fue una mala frase. Su insistencia en sus derechos disparó toda la rabia de su cuerpo.

–Eso es vergonzoso –afirmó Skye sin apartar la mirada–. No tienes ningún derecho en lo que a mí respecta.

En aquel momento llamaron a la puerta y la recepcionista entró con una botella de agua mineral, un vaso con hielo y una rodajita de limón. Lo dejó todo en la mesa.

–Gracias –murmuró Skye agradecida por la interrupción. Cuando la joven se marchó vertió la mitad de la botella en el vaso.

–¿De qué has venido a hablar exactamente? –dijo de pronto Matteo cruzándose de brazos.

Ella agarró el vaso y se dirigió a la ventana para mirar hacia Venecia sin verla realmente.

–De nuestro matrimonio –aquellas palabras eran un fantasma. Conjuraban todos los recuerdos que quería olvidar, el romance a primera vista. La boda. Las noches de completo abandono sensual que habían marcado su matrimonio. Skye acababa tan agotada que dormía y comía en preparación para su regreso, y entonces se convertía en su deseosa esclava sexual.

Giró el anillo con el enorme diamante que tenía en el dedo antes de quitárselo por última vez.

–Y de cómo vamos a ponerle fin –se dio la vuelta y clavó los ojos en su rostro. Le sostuvo la mirada mientras colocaba el anillo en la mesa de juntas y se apartaba rápidamente de él como si quemara.

Matteo mantuvo una expresión adusta, pero al principio no dijo nada. No había conmoción. Ni indignación. Ni amago de discutir. De intentar recuperarla. Porque en realidad nunca se había tratado de ella. Todo estaba relacionado con Matteo, su abuelo, el padre de Skye y un estúpido hotel del que ella nunca había oído hablar. Una *vendetta* de la que ella no sabía nada y que al parecer controlaba la vida de todas las personas que quería. Su padre, su marido…

Skye estiró la espalda. El orgullo herido la ayudó a formar el escudo que necesitaba.

–He traído los papeles del divorcio –dijo con voz pausada tendiéndoselos–. Solo tienes que firmarlos y yo me ocuparé del resto.

Solo tenía cinco páginas. Matteo las leyó rápidamente y luego las dejó en la esquina del escritorio.

–¿Y si yo no quiero divorciarme de ti? –Matteo cruzó la estancia, acortando la distancia que los separaba.

Skye se quedó paralizada.

–No seas absurdo –murmuró haciendo un esfuerzo

por mantenerse firme–. Este no ha sido un matrimonio de verdad y los dos lo sabemos.

–A mí me ha parecido muy real –sus palabras resultaron peligrosamente suaves.

Matteo le pasó la mano por la cintura, pillándola completamente por sorpresa. La atrajo hacia sí y sintió la dureza de su cuerpo de un modo que le resultó familiar al instante. El deseo la inundó. El calor le abrasó el alma y se le escapó un suave gemido de entre los labios. Era una locura seguir tan cerca de él, pero lo hizo. Se había negado aquel contacto durante demasiado tiempo, semanas de tristeza, y ahora quería disfrutarlo aunque solo fuera un instante. Una última vez.

–No lo ha sido –afirmó Skye con voz ronca–. Ahora lo sé todo –cerró los ojos–. Sé lo de tu padre y mi padre. Sé que se enamoraron de la misma mujer y tu padre se casó con ella. Sé que mi padre estaba enfadado. Sé que se excedió en su deseo de hacer daño a tu familia económicamente.

Matteo soltó una carcajada amarga.

–Haces que suene a poca cosa, pero no es el caso –se inclinó hacia delante con expresión amenazadora–. Carey Johnson llevó a mi abuelo a la bancarrota. Tu padre destruyó todo lo que mi abuelo se pasó la vida entera construyendo.

Su vehemencia la paralizó durante un instante, pero finalmente se atrevió a hablar.

–¿Y por eso querías castigarme a mí?

Se hizo un silencio cáustico y pesado. Skye se dio cuenta de que Matteo estaba eligiendo cuidadosamente las palabras.

–Nunca se trató de castigarte a ti –dijo finalmente.

–¿Entonces querías castigar a mi padre?

¿Qué podía decir al respecto? ¿Acaso no era verdad? ¿No había disfrutado del insulto final que le había lanzado al malnacido de Carey Johnson al tener a Skye gimiendo por él en su cama toda la noche? Sí. Quería tomarse una dulce venganza y Skye había sido un peón bien dispuesto en su juego.

–Te casaste conmigo porque me amabas, ¿recuerdas? –Matteo volvió al punto de partida con aparente facilidad.

Dios, sí le había amado. Se había enamorado perdidamente de él, pero todo fue una pantomima. Skye se dio cuenta de que Matteo no había incluido sus propios sentimientos en la frase.

–El amor y el odio son dos caras de la misma moneda. A mí también me sorprende lo rápidamente que el amor se puede convertir en otra cosa.

–¿Estás diciendo que me odias? –le espetó Matteo poniéndole la mano libre en la cadera y sosteniéndola en el sitio.

Skye sintió el despuntar de su erección y contuvo el aliento.

Sexo. Aquella era la única verdad de su matrimonio. Ni siquiera Matteo podía ser tan buen actor, el deseo había sido real. Le había controlado tanto como a ella.

–Claro que te odio –susurró consciente de que tenía que apartarse de él. Y lo haría… enseguida–. ¿Qué otra cosa puedo sentir por ti?

Su risa fue una sensual carcajada cargada de cinismo.

–Ten cuidado, *cara*. Los dos sabemos que me resultaría muy fácil demostrar que mientes –movió las caderas y llevó la erección a un contacto íntimo con su cuerpo. Skye sintió cómo la atravesaba un gemido de deseo.

–Eso es solo físico –susurró Skye–. Y creo que tienes suficiente experiencia para saber que eso no significa absolutamente nada.

–Pero tú no –le recordó él sin piedad. Le brillaban los ojos–. Fuiste completamente mía.

Más recuerdos. Su primera vez juntos, su primera vez con un hombre. Se mordió el labio inferior y odió el modo en que sus nervios respondieron. Matteo se había apoderado de ella aquella noche, de su mente y su cuerpo. Había desbloqueado partes de su ser de las que no fue consciente hasta aquel momento, y todo había formado parte de un juego. Su plan de venganza.

–Y creo que todavía lo eres.

Un sonido gutural surgió de la garganta de Skye. Pero no fue una negación. ¿Era un sonido de rendición? Porque Matteo tenía razón. Estaba desesperada por sentir su cuerpo una vez más.

Seguramente siempre ejercería aquel poder sobre ella, pero debía ser fuerte, recordar la razón por la que tenía que conseguir que firmara los papeles y apartarse rápidamente de él. No tenían futuro. ¿Cómo iba a seguir casada con un hombre al que amaba con toda su alma y criar un bebé con él sabiendo que la había utilizado de la manera más cínica posible?

Su única esperanza era no volver a verle jamás. Irse lo más lejos posible, donde no pudiera encontrarla. Y ese era su plan. Cuando Matteo firmara los papeles ella desaparecería de nuevo. Pensó en el billete que tenía en el bolso, un vuelo a Australia para aquella noche más tarde. Allí empezaría de cero en un lugar recóndito del país, algún sitio con playa donde curar su herido corazón.

–Te equivocas –Skye se apartó de él con decisión

y se dirigió de nuevo a la ventana–. Vale, al parecer todavía te deseo. ¿Y qué? Fuiste mi primer amante. Me atrevería a decir que mi cuerpo no olvidará nunca del todo las lecciones que me enseñaste. Pero mi corazón tampoco.

–¿Y qué le enseñé a tu corazón, *cara*?

–A no confiar en desconocidos guapos –dijo con tono de humor teñido de desesperación–. Firma los papeles, Matteo. Este matrimonio se ha acabado. Querías venganza. Pues ya la tienes.

–Quería el hotel –dijo con peligrosa suavidad–. Tu eras… la parte buena.

–¿La parte buena? –repitió Skye enfadada–. ¡Por el amor de Dios, Matteo, yo te amaba! ¿Eso no significa nada para ti?

Él se la quedó mirando durante un largo instante.

–Lo que sentías no era amor. Era deseo. Sexo.

Skye tragó saliva. Matteo se equivocaba. Le había amado con todo su corazón. No se lo iba a decir ahora, pero saber que su bebé había sido concebido con amor, al menos por su parte, significaba mucho para ella.

–Tal vez tengas razón –dijo encogiéndose de hombros para fingir naturalidad–. Ahora da igual. Nuestro matrimonio ha terminado. No hay manera de que llegue a perdonar alguna vez lo que has hecho. Ni a ti por hacerlo –aspiró con fuerza el aire y se lo quedó mirando un largo instante–. Puedes quedarte con el hotel.

Matteo se quedó muy quieto, todos los nervios de su cuerpo en estado de éxtasis.

–¿Me estás diciendo que me vendes el Grande Fortuna?

–Con una condición –respondió Skye con frialdad,

destrozada ante aquella prueba final–. Firma los malditos papeles y sal de mi vida para siempre.

Cuando Skye se marchó al enterarse de las motivaciones de Matteo para haberla perseguido tuvo que aceptar la realidad de que nunca recobraría el querido hotel de su abuelo.

Había puesto todas las fichas en un único número, apostando por un matrimonio con una rica heredera como la mejor manera de conseguir lo que quería. Y de paso divertirse un rato.

Su plan era muy sencillo: seducirla y cegarla con la pasión que habían compartido para que estuviera dispuesta a hacer, decir y firmar cualquier cosa que él le pidiera. Y estuvo a punto de conseguirlo. Skye comía de la palma de su mano. Hasta que dejó de hacerlo.

Su matrimonio había sido siempre por el hotel. Por recuperar el patrimonio de su familia. Por vengar a su abuelo. Y ahora ella le estaba entregando lo único que había deseado durante toda su vida adulta en bandeja de plata. Y, sin embargo, Matteo vacilaba.

¿Por qué? Porque no quería reconocer la derrota. Y aunque tendría el hotel, no le gustaba la idea de que Skye se fuera de su vida antes de que estuviera preparado.

–Firma los papeles del divorcio, Matteo.

Él nunca había querido una esposa. Solo quería el hotel, y aquel matrimonio había sido la mejor forma de conseguirlo. Pero Matteo Vin Santo era un soltero empedernido. Si firmaba aquellos papeles se libraría de una esposa que nunca había querido tener y recuperaría el hotel. Lo único que lamentaba era no volver a disfrutar del placer del cuerpo de su mujer. Un precio pequeño por conseguir un objetivo que llevaba décadas persiguiendo.

—De acuerdo —dijo asintiendo brevemente—. Pero con una condición. Quiero una noche más contigo.

Skye se quedó paralizada y cerró los ojos mientras abría los labios para tratar de recuperar el aliento. Matteo observó cómo hacían efecto sus palabras, cómo se le sonrojaban las mejillas.

—No —susurró con voz ronca—. Jamás.

Él se rio, fue un sonido áspero y cínico.

—Nunca digas nunca jamás, *cara*. Y menos cuando te derrites en mis brazos como lo haces…

Skye alzó la barbilla y lo miró desafiante a los ojos.

—El deseo es una cosa, pero no tengo intención de dejarme llevar por él.

—Entonces yo no tengo intención de firmar esos papeles —la amenazó con tono dulce.

Skye compuso una expresión de pánico.

—¿Qué pasa, tanto te espanta la idea de ser la señora de Matteo Vin Santo? Recuerdo que antes estabas deseando ser mi mujer… y estar en mi cama.

—Entonces no sabía de qué eras capaz.

Aquellas palabras se estrellaron contra él. La culpa no era algo a lo que Matteo estuviera acostumbrado, pero sintió una punzada. Y no le gustó. La obligación era con su familia, no con Skye. Pero su dolor era obvio, un dolor que él había causado.

Sí, se sentía culpable. Deseaba… ¿poder cambiarlo? ¿Haber recuperado el hotel sin hacerle daño a ella? No era posible. Lo había intentado. Había pasado años tratando de convencer a su padre para que vendiera, pero el malnacido estaba decidido a no hacerlo.

—Por encima de mi cadáver —fueron las últimas palabras que Carey Johnson le dijo a Matteo.

—No me mires así —dijo entonces Skye, devolviéndole a la realidad–. No me mires como si de verdad lamentaras lo sucedido –alzó la barbilla–. Tú ganas. Quédate con el hotel. No lo quiero. No quiero nada que me recuerde a ti.

El dolor de Skye era evidente y Matteo deseó besarla para borrarlo.

–Cómo has debido disfrutar tu venganza. Y cómo has debido reírte de mí. Cuando volvías a casa cada noche me encontrabas feliz de verte, y mientras tanto tú estabas reuniendo las piezas para el numerito final.

Matteo apretó las mandíbulas.

–Sí, Skye. Soy un ser humano. ¿Quieres que te mienta ahora, que te diga que nuestro matrimonio no tuvo nada que ver con el hecho de que tu padre fuera el mayor malnacido de la tierra?

Skye alzó una mano. Le temblaban los dedos y tenía el rostro tan pálido que durante un instante Matteo sintió una punzada de ansiedad. Tenía un aspecto enfermo. Se sintió dividido entre la rabia por la situación y una extraña preocupación por su mujer.

Las lágrimas le caían ahora por las mejillas. Estaba agotada. Todo aquel plan se había cobrado un precio, y estaba exhausta. Se le notaba en el temblor de la voz.

–No. No quiero escuchar nada de lo que puedas decir. De hecho no puedo soportar seguir ni un minuto más en la misma habitación que tú. Firma los papeles del divorcio. Quédate con el hotel y déjame en paz –se mordió el labio inferior como si estuviera intentando controlar un sollozo.

Matteo dejó caer la mirada en los papeles del divorcio y luego la elevó con desesperación hacia su rostro.

–Muy bien. Si esto es lo que quieres…

–No quiero volver a verte jamás.

El calor de Venecia la abofeteó en la cara en cuanto salió de su oficina. Era la primera hora de la tarde y la ciudad estaba abarrotada. Los trabajadores ocupaban las calles, los turistas estaban ocupados tomando fotos y Skye se vio atrapada en medio de ellos, sorprendida por lo que acababa de conseguir.

Dio un paso hacia la multitud con la mente abotargada. ¿Y ahora qué? Sentía la respiración agitada. Se apoyó contra una columna. Sentía un calor que le atravesaba el cuerpo. Todo había terminado. Era libre. Se llevó una mano al vientre y sintió otra oleada de cansancio. No quería tener nada que ver con Matteo, pero iba a criar a su hijo. ¿Podría hacerlo y no pensar nunca en él? Tendría que conseguirlo. Matteo era el pasado y aquel bebé era el futuro. Lo único que importaba.

Aspiró con fuerza el aire, pero no sintió que le llegara a los pulmones.

–¿Se encuentra usted bien, señorita?

Un amable gondolero alzó las cejas esperando su respuesta, así que Skye asintió.

–Solo tengo calor –dijo abanicándose la cara con la mano.

Pero el ligero movimiento de subir y bajar la mano fue la gota que colmó el vaso. La oscuridad la envolvió.

Capítulo 2

MATTEO no estaba mirando por la ventana con la esperanza de verla. Solo estaba allí de pie mirando hacia aquella dirección. Y entonces la vio. La angustia de sus facciones. El dolor tan obvio de su corazón.

La había utilizado sin importarle. Había estado dispuesto a hacerle daño. Si Skye sufría ahora era por culpa de la cabezonería de su padre, Carey Johnson.

Pero Matteo no contaba con ser testigo de su dolor. Eso no le había gustado. Era un hombre de negocios decidido, no un malnacido sin alma. Ver cómo le caían las lágrimas por las mejillas, la acusación de su mirada… no estaba preparado para la culpa que sintió a pesar de saber que si tuviera la oportunidad volvería a tomar las mismas decisiones.

Se llevó los dedos a la barbilla y se rascó la barba incipiente antes de que una pequeña conmoción en la calle le llamara la atención.

Lo primero que vio fue el color amarillo pastel de su vestido arrugándose cuando ella cayó hacia delante. Se había desmayado, y luego se precipitó hacia las aguas turbulentas e infestadas de gérmenes de Venecia. Si se hubiera quedado unos segundos más habría presenciado el momento en el que Skye se golpeó la cabeza contra una góndola.

Pero no se quedó. La adrenalina se apoderó de él y

salió corriendo de su despacho lo más rápidamente posible, atravesando el vestíbulo a toda prisa y saliendo a la calle justo en el momento en el que un gondolero se lanzaba al agua. El vestido hacía que resultara fácil localizarla. Aunque Matteo vio que el gondolero le había pasado el brazo por la cintura no podía quedarse de brazos cruzados. Saltó al agua sin pensar.

–¿Respira? –Matteo atrajo a Skye hacia sí y la sostuvo mientras nadaba hacia el borde del canal.

Se había formado una pequeña multitud y alguien extendió las manos urgiendo a Matteo para que la sacara. Lo hizo y luego salió él.

Un hilo de sangre se dibujó en la acera. Le manaba de la cabeza.

–Que alguien llame a una ambulancia –dijo.

–Hay una de camino –respondió alguien.

Gracias a Dios. Matteo se puso de cuclillas a su lado y le acarició la cara.

–Estás bien, *cara*. Todo va a estar bien –le susurró.

Unos minutos más tardes se escuchó la sirena de la ambulancia marítima, pero a Matteo le pareció que habían pasado siglos mientras se quedaba mirando su rostro cetrino, preguntándose qué había pasado para hacerla caer a las sucias aguas de Venecia. La ambulancia se detuvo a su lado y dos hombres subieron a toda prisa por los escalones cercanos y corrieron hacia Skye, colocándola en una camilla.

–¿Está usted con ella? –le preguntó uno de los hombres a Matteo.

–Soy su marido.

–Entonces puede venir.

Los hombres acomodaron a Skye en la lancha motora, que emprendió su rápido trayecto por los canales venecianos. Ella solo abrió los ojos un par de veces durante el viaje, y en ambas ocasiones le miró confusa.

La lancha se detuvo en el muelle del hospital, donde había un equipo médico esperando.

Todo sucedió muy deprisa. Skye fue ingresada tras un rápido examen, y la enfermera tenía una expresión tan preocupada que Matteo se preguntó si estaría gravemente herida.

–¿Qué está pasando? –preguntó cuando la llevaron a una habitación.

Nadie respondió. Todo el mundo estaba ocupado trabajando, comprobando las señales vitales, inspeccionándole la cabeza en busca de la herida que ocasionaba el sangrado. Una enfermera recogió varias muestras de sangre y salió a toda prisa de la habitación.

Tras un rato interminable, una mujer con bata blanca entró en la habitación y se dirigió hacia Matteo con una sonrisa tranquilizadora.

–¿Es su esposa?

–Sí –asintió él–. ¿Cómo está?

–Tiene un chichón en la cabeza, pero no parece grave. Desafortunadamente, las pruebas que hacemos siempre para asegurarnos son obviamente inviables en este momento. Puede que esté un poco atontada cuando se despierte, pero no creo que haya más complicaciones.

Nada de aquello pareció tranquilizar a Matteo.

–¿Qué le ha pasado?

–Mi impresión es que se ha desmayado. No es tan raro, dada su condición. El calor del día no ayuda…

–Un momento –la interrumpió Matteo alzando la mano–. ¿Qué condición?

La doctora compuso una mueca.

—¿No sabe lo del bebé?

El mundo dejó de girar. No. Se salió desaforadamente del eje arrastrando a Matteo.

—¿Qué bebé? —preguntó en un susurro.

—Su mujer está embarazada. De pocas semanas. La enfermera le hizo la prueba casi por casualidad. ¿Ella lo sabe?

Matteo dirigió la mirada hacia Skye, que tenía un aspecto pacífico mientras dormía. ¿Lo sabía? Apretó las mandíbulas. ¿Tenía pensado divorciarse de él y mantener a su hijo lejos? No era posible que Skye fuera capaz de semejante engaño.

—No ha mencionado nada —dijo mientras la cabeza le daba vueltas.

Skye estaba embarazada y había ido a buscarle para pedirle el divorcio. Un divorcio al que Matteo había accedido porque se lo debía, porque quería que fuera feliz. ¿Habría insistido Skye en divorciarse si supiera lo del bebé? No podía creerlo de ella, pero era hija del malnacido de Johnson. No sabía de qué era capaz.

—¿El bebé está bien? —preguntó distraídamente.

—Parece que sí —la doctora sonrió de forma tranquilizadora.

Apenas habían hablado de tener hijos. Skye era demasiado joven para pensar en la maternidad, y Matteo no se había casado con la intención de ser padre en mente. Pero ella debía saber lo mucho que significaría aquel niño para él. Y aun así había intentado apartar de su lado al heredero Vin Santo. ¡Y criar a su hijo como a un Johnson!

La rabia hizo que se pusiera de pie de un salto.

—¿Sabe dónde está el bolso de mi mujer?

–Sí, alguien lo recogió del suelo –la doctora asintió brevemente–. Haré que se lo traigan.

–Gracias.

Matteo esperó con impaciencia mirando a Skye, intentando encontrarle sentido a todo aquello, intentando controlar su rabia. Pero cuanto más tiempo pasaba más se temía lo peor. Skye estaba empeñada en divorciarse cuanto antes. No podía esperar. Y le había puesto delante la zanahoria perfecta para sus planes: el hotel. El maldito hotel. Matteo quería el asunto del matrimonio y del hotel resuelto y Skye se lo había servido en bandeja de plata. ¡Qué estúpido había sido! Había estado a punto de dejar pasar lo más valioso de su vida. Su hijo.

¿Cómo pudo ser tan tonto? ¿Acaso no había aprendido la lección con el desastre de Maria? Entonces no era más que un niño. Se había enamorado perdidamente, y entonces aprendió lo estúpida que era la idea del amor. Juró no volver a confiar en ninguna mujer de nuevo.

Unos instantes más tarde llegó un miembro del personal del hospital y le entregó el bolso de Skye en una bolsa de plástico grande. Matteo la agarró sin decir nada y la abrió. Dentro estaban los malditos documentos de divorcio y el contrato de compra del hotel. Sacó todo enfadado y lo guardó en el bolsillo todavía húmedo de la chaqueta.

Estaba a punto de dejar la bolsa en el suelo cuando algo le llamó la atención.

La curiosidad le llevó a agarrarlo y se enfadó todavía más al ver que se trataba del pasaporte de Skye con un billete de avión cuidadosamente doblado dentro. Una rápida ojeada le mostró que era para viajar a Sídney, Australia, aquella misma noche.

La prueba era abrumadora. Se le evaporó toda

duda y solo quedó en él una semilla de ira tan poderosa que le partió el alma por la mitad.

La doctora con la que había estado hablando antes entró acompañada de un carrito con una máquina que colocó al lado de Skye.

–No esté tan preocupado –dijo con una sonrisa recolocando las sábanas alrededor del cuerpo de su mujer y dejando al descubierto su plano vientre.

Levantó una parte de la máquina y se la colocó en el vientre. Luego giró la pantalla para que Matteo pudiera verla.

–¿Qué estoy mirando? –preguntó él frunciendo el ceño.

–Es muy pronto para ver nada con claridad. Yo diría que está de unas seis semanas –la doctora sonrió con amabilidad–. Su bebé tiene el tamaño de una lenteja, pero hay buen flujo sanguíneo. Nada de qué preocuparse.

–¿Qué es eso? –preguntó Matteo señalando la parte inferior de la pantalla.

–El latido del corazón.

Matteo cerró los ojos y la realidad empezó a atravesarle. Una fuerte emoción desnuda se apoderó de él con fuerza, y de pronto no fue capaz de hablar. Se apartó de la cama, de su mujer y de la doctora y aspiró con fuerza el aire.

De pronto tuvo la necesidad imperiosa de saber la verdad. ¿Cómo había sucedido aquello? Skye estaba tomando la píldora, ¿no? No podía creer que Skye tuviera pensado ocultarle aquella información. A pesar de todas las pruebas en contra, todavía tenía esperanzas. Una parte de él quería creer que no sería capaz de hacer algo tan mezquino como apartar a un bebé de su padre.

–¿Matteo? ¿Dónde estoy?

Su voz ronca le llamó la atención. Se la quedó mirando un largo instante antes de hablar.

–Estás en el hospital –Matteo tenía una expresión cauta, pero ocultaba la rabia bajo una máscara de civismo.

–¿Hospital? –Skye cerró los ojos–. Me caí. No, me desmayé. A veces ocurre.

–¿Desde cuándo? –preguntó él con frialdad acercándose más.

Ella se puso las manos en el vientre y Matteo se dio cuenta de que estaba angustiada. Pero al parecer, la necesidad de confirmación eclipsó todo lo demás.

–¿Está bien? ¿Mi bebé está bien?

Capítulo 3

SKYE esperó conteniendo el aliento.

—Matteo —susurró con tono angustiado—. Dime, por favor…

—Nuestro bebé está bien —afirmó Matteo con una frialdad que atravesó su alivio.

Skye cerró los ojos. El sentido de ir a Italia y tenderle la mano a Matteo, de darle el hotel, había sido asegurar el divorcio antes de que fuera demasiado tarde. Antes de que se redondeara el vientre, antes de dar a luz a su hijo. Pero en aquel momento nada de aquello importaba. Solo sentía alivio. Los ojos se le llenaron de lágrimas.

—Gracias a Dios.

—Van a tenerte en observación unas horas más —dijo Matteo dando un paso atrás y cruzándose de brazos.

—Estoy bien —Skye se quitó la vía del brazo—. Desmayarme es uno de los síntomas con los que estoy aprendiendo a vivir.

Se puso de pie, pero estaba tan inestable que Matteo tuvo que sostenerla.

—Estoy bien —repitió ella con obstinación. Su lenguaje corporal era la definición de estar a la defensiva. Pero era la actitud de una leona herida defendiendo a su cachorro.

Estaba aterrorizada.

¿Le daba miedo él? ¿Su rabia? ¿Lo que podría hacer? ¡Y no era de extrañar! Intentar ocultarle al heredero Vin Santo…

–Está claro que sabías que estabas embarazada –las palabras encerraban una amenaza latente.

Skye se estremeció y se apartó de él.

–¿Cuándo diablos pensabas decírmelo?

–¿Podrías dejar de gritar? –murmuró ella.

Matteo se pasó la mano por el pelo con frustración apenas contenida. No había sido su intención gritar, pero una rabia que hacía años que no sentía, desde la última vez que se enfrentó a un Johnson, se había apoderado completamente de sus impulsos. Habló con más suavidad, pero había un peligro inherente en la suavidad de sus palabras.

–No ibas a contármelo, ¿verdad?

Skye lo miró durante un instante y luego volvió a dirigir la vista hacia la cama.

–No… no me pareció que fuera asunto tuyo –dijo. Y consiguió adoptar una actitud desafiante a pesar de lo absurdo de la explicación.

–¿Mi hijo no es asunto mío? –respondió con desprecio–. ¿De qué estás hablando?

–Tú no quieres un hijo. No conmigo. Te estoy haciendo un favor –Skye sacudió la cabeza–. Nos estoy haciendo un favor a todos. Yo tampoco quiero criar un hijo contigo. Y este niño se merece nacer en un mundo que no esté tan… lleno de amargura.

–El niño se merece la oportunidad de conocer a su padre y a su madre –respondió Matteo cortante–. Nos ibas a negar esa oportunidad a él y a mí, ¿verdad?

Ella lo miró fijamente.

–Te metiste en este matrimonio buscando una cosa y solo una cosa. Y ahora ya la tienes. Los hijos no formaban parte del plan.

–No se trata de eso. El hecho es que estás embarazada de mi hijo. Este no es el reino de las hipótesis. Tenía derecho a saberlo.

Ella abrió la boca y lo miró pensando algo que decir, cualquier cosa que pudiera explicar su punto de vista.

El dolor que había sentido al darse cuenta de que la había usado. De que la había engatusado para que se enamorara de él, había utilizado su inexperiencia y su deseo contra ella sabiendo que nunca podría darle lo único que Skye quería realmente.

Amor.

Matteo no estaba hecho para amar. Ahora lo sabía. Los periódicos que le habían definido cruel y sin corazón tenían razón. Qué tonta había sido al creer que por haber crecido en ambientes similares estaban destinados a estar juntos. Como si el hecho de que hubieran tenido la mala suerte de ser huérfanos significara que podrían vivir felices para siempre.

¿Cómo podía explicarle a Matteo que aquella opción era la mejor para todos?

No le vino a la mente ninguna palabra. Nada. Aunque había pensado mucho en ello. Y le parecía que la solución que había pensado tenía mucho sentido. Y seguía pareciéndoselo.

–No quiero criar a un niño contigo –dijo con una determinación que se vio algo desmentida por el temblor del labio inferior.

–Eso no es decisión tuya.

Skye compuso una mueca.

–Estamos divorciados, ¿recuerdas? O como si lo estuviéramos.

Matteo apretó los labios.

–No habrá ningún divorcio –sacó los papeles del bolsillo y los rompió por la mitad con satisfacción junto al contrato del hotel. Todo el acuerdo se venía abajo. Aquel niño lo cambiaba todo–. No te vas a ir de Italia llevándote a mi hijo contigo.

–No puedes detenerme –le espetó ella rodeándose el cuerpo con los brazos.

–Claro que puedo –respondió Matteo con frialdad–. Si es necesario llevaré el asunto al juzgado de familia hoy mismo.

Skye se quedó boquiabierta.

–No puedes impedir que me vaya. Ningún tribunal obligará a una madre a quedarse en un país que no es el suyo.

Matteo alzó la mano, callándola con un simple gesto.

–Tal vez no. Pero que sepas que haré que todos los periodistas escriban sobre esta historia. En cuanto nuestro hijo pueda leer sabrá que luché como un león por él. Que quería estar con él, pero que tú lo alejaste de mí –se inclinó de modo que su rostro estuvo a escasos centímetros del de Skye–. Lucharé por él hasta mi último aliento. Añorarás los tiempos en los que estábamos casados cuando te veas luchando constantemente por la custodia en los tribunales.

Skye se estremeció. La amenaza le puso el estómago del revés.

–No lo harás. Valoras demasiado tu intimidad.

–Haría cualquier cosa por mi hijo.

–Entonces déjame criarle –afirmó ella–. Es lo mejor para todos. Y tú podrías… tener relación con él –cedió al ver que no tenía más opción.

–¿Qué tipo de relación? –quiso saber Matteo.

–Puedes visitarle. Varias veces al año. Supongo que cuando sea un poco mayor podré traerle a Italia. Programaremos un calendario –dijo la palabra como si fuera un milagro, la cura que necesitaban desesperadamente–. Navidades, cumpleaños, como cualquier otra pareja divorciada.

–Tus padres no estaban juntos –le recordó Matteo con frialdad–. Me dijiste que odiabas sentir cómo tiraban de ti cada uno de un lado. ¿Es lo que estás sugiriendo para nuestro hijo?

Skye se quedó paralizada. Tenía razón, por supuesto. Aunque no le había hablado mucho de su niñez, estaba claro que le había dado suficientes pistas para que adivinara la verdad de su soledad.

–Lo haremos mejor que ellos –murmuró.

–No lo haremos de ese modo y punto.

Skye no daba crédito a lo que oía.

–No puedes obligarme a seguir casada contigo. Eso es una locura.

–Locura es lo que tienes pensado hacer. Locura es ocultarme el embarazo y al niño. Diablos, Skye, no puedo creer que pensaras ni por un instante que no lo averiguaría…

–¿Y cómo lo sabrías? –le espetó ella–. Ha sido mala suerte. Si no me hubiera desmayado nunca lo habrías sabido. Nunca.

–¿Habrías desaparecido en el aire? –Matteo se acercó más con expresión amenazadora–. ¿Y si conoces a otro hombre? ¿Te casarías con él y criaríais a mi hijo juntos? ¿Permitirías que mi hijo, el heredero Vin Santo, creciera sin saber quién es? ¿De dónde viene?

Skye estaba tan blanca como la cera, y una parte del cerebro de Matteo reconoció que debería tomárselo con calma. Darle un momento para respirar y que llegara a sus propias conclusiones. Pero Matteo había reconstruido el imperio familiar a base de tesón y ceder ante sus adversarios no era algo que le gustara hacer.

Y Skye era su adversario. Su enemiga. ¿Cómo no iba a serlo teniendo en cuenta el engaño que quería llevar a cabo?

–¡Respóndeme, maldita sea! –le exigió. Y al ver que ella no respondía la agarró de la cintura y la atrajo hacia su cuerpo.

Skye entreabrió los labios por el impacto y Matteo se aprovechó de la sorpresa y se dejó llevar por el instinto. Posó su boca en la suya y deslizó la lengua, despertando en ella la clase de frenesí que había presidido su corto y apasionado matrimonio.

No se trataba solo de poseerla. Quería tenerla entera, dejar su marca en ella como esposa, como madre de su hijo.

–Este es mi hijo.

Skye se quedó paralizada por el susto, pero no le duró mucho. En cuanto los labios de Matteo rozaron los suyos tuvo un flashback hacia el pasado, a sus días de matrimonio, sus noches de pasión, el deseo que siempre los había definido. Estaba perdiendo una batalla contra la única verdad en la que podía apoyarse: el deseo sexual.

–¿Lo habrías criado con otro hombre? –le hizo la pregunta sobre la boca para que escuchara sus palabras en lo más profundo de su alma y sintiera su dolor. Pero no dejó de besarla, lo que dificultó la respuesta de Skye–. Es mi hijo. Y tú eres mi mujer.

Skye emitió otro sonido, una mezcla entre gemido y sollozo.

–No te dejaré ir. Ya no.

Deslizó las manos por su torso y encontró su vientre plano. Deslizó los dedos por él y dejó de besarla. Se apartó y la miró con ojos fríos a pesar de la intimidad que acababan de compartir. A pesar del calor de la sangre de Skye.

–Vuelve a casa conmigo.

No era una pregunta, pero Skye quería resistirse.

–No funcionará.

A Matteo le brillaron los ojos.

–Por supuesto que sí.

–¿Porque nuestro último intento fue todo un éxito? –se burló ella apartándose para poder recuperar el latido del corazón y que Matteo no viera que estaba temblando.

–No dejaré que te lleves a mi hijo. Lo criaré yo solo o puedes elegir formar parte de su vida.

–¿Cómo puedes decir algo así? –dijo ella girándose para mirarlo de frente–. ¡Ningún tribunal te concederá jamás la custodia completa!

Matteo entornó los ojos.

–¿Sabes quién soy? ¿Sabes que haría cualquier cosa por conseguir lo que quiero?

Un escalofrío recorrió la espina dorsal de Skye. Se había casado con ella por una estúpida propiedad. Un viejo hotel que llevaba mucho tiempo cerrado construido en el centro de Roma en el que ella no tenía ningún interés. La determinación de Matteo de conseguir lo que quería era digna de reconocimiento.

–No descansaré hasta que mi hijo esté en mi casa –añadió él para subrayar su intención–. Conmigo. En Venecia, el lugar al que pertenece. Los Vin Santo llevan más de un milenio viviendo en esta isla –señaló hacia el suelo como para indicar la ciénaga sobre la que estaba construida la ciudad–. Somos tan parte de Venecia como Venecia lo es de nosotros. El hijo que llevas en tu vientre es mío, es de Venecia y no permitiré que te lo lleves.

Skye sacudió la cabeza, pero el miedo la inundaba hasta lo más profundo del corazón.

¿Tenía razón? ¿Podría de verdad llevarse al niño?

Necesitaba hablar con un abogado. Cuanto antes.

–Si vas contra mí no repararé en gastos ni me detendré ante nada –su expresión revelaba una apasionada determinación–. Convertiré tu vida en un infierno, y desearás no haberme conocido nunca.

Skye temblaba de rabia. Acortó la distancia entre ellos y lo miró. Se hizo un silencio tenso entre ellos. Matteo lo rompió haciendo un esfuerzo por ser completamente sincero. Por mostrarle a su mujer toda la verdad de la situación.

–Pero no solo quiero a mi hijo. También a ti.

A Skye se le puso el estómago del revés a su pesar.

–¿Por qué?

–Porque eres mi mujer –respondió él encogiéndose de hombros, como si fuera lo más lógico del mundo–. Y me gusta que lo seas. Te quiero de regreso en mi cama, donde deberías haber estado siempre.

–¡Por Dios, Matteo! ¿Cómo puedes estar pensando en sexo ahora mismo? ¿Y cómo crees que volveré a meterme en tu cama después de esto? ¡Me estás chantajeando de la peor manera posible! ¡Y te odio! ¡Te odio!

–Sí –él asintió entornando los ojos–. ¿Pero no eras tú la que decía que el amor y el odio eran dos caras de la misma moneda?

–Nunca seré tan estúpida para volver a amarte. Te detesto.

La risa de Matteo sonó despectiva.

–Me deseas. El odio no impide el deseo, ¿no?

Skye se sintió avergonzada. ¿Cómo podía ser cierto? ¿Cómo podía sentir una atracción tan fuerte hacia él incluso después de saber todo lo que ahora sabía? Aquel hombre eran un auténtico malnacido. La había utilizado y ahora la seguía utilizando.

Le quedaba muy poco orgullo. Y de pronto sintió muy pocas ganas de luchar. Alzó la mirada hacia la suya. Por suerte todavía le quedaba algo de orgullo.

–El infierno se congelará antes de que yo vuelva a acostarme contigo.

Matteo se rio burlón.

–Dentro de nada me rogarás que te tome –dejó caer la boca sobre la suya–. Y voy a disfrutar de ello, señora Vin Santo.

Había rabia en la profundidad de sus ojos color caramelo.

–Nunca volveré a rogarte, Matteo. Te lo juro.

–Ya veremos –se rio él.

Skye jugueteó con su collar, tirando de un lado a otro mientras miraba hacia el atardecer.

Se preguntó distraídamente si su vuelo ya habría salido. Sin ella dentro, llevándose sus sueños de escapar. De libertad. A un nuevo mundo y a una vida muy lejos de Matteo Vin Santo y todas sus mentiras.

Resultaba extraño estar de regreso en la villa. Nada había cambiado y, sin embargo, todo era diferente. La última vez que estuvo allí estaba contenta, emocionada y completamente enamorada. Estaba recién casada y la vida era muy fácil. ¿Qué razón habría para que su poderoso marido millonario la engañara para casarse con él? Los dos eran independientes, ricos, y Matteo un mujeriego redomado que no tendría razón para casarse con alguien como ella a menos que se hubiera enamorado locamente como le pasó a Skye.

Y le había resultado muy fácil creerlo.

Matteo desempeñó su papel a la perfección. ¿Cómo pudo dejarse engañar de aquella manera? El estómago le dio un vuelco al recordar su noche de bodas. La preciosa ilusión del momento de su primera vez. Durante el mes que estuvieron saliendo él insistió en esperar a pesar de que Skye le había rogado que la tomara noche tras noche.

Ahora veía que se trataba todo de un plan calculado. Había manipulado su inexperiencia y su deseo. Fue ella quien presionó para que se prometieran pronto. Matteo retuvo la satisfacción sexual que ella tanto anhelaba consciente de que llevaría a una boda rápida.

Volver a estar en su casa, esperando un hijo suyo, deseándole todavía pero completamente desenamorada… aquello era una pesadilla.

Y lo peor era que tenía razón. El cuerpo de Matteo todavía tenía el poder de dejarla sin fuerza de voluntad. ¡Cómo le odiaba por ello!

Escuchó un sonido detrás que hizo que girara la cabeza, el cabello oscuro le cayó como una cortina por el hombro.

–La cena está lista.

Su voz era irreconocible. Profesional. Fría.

Skye se apartó, rechazando su proximidad y dirigió la mirada hacia el dorado cielo buscando el calor de su luz.

–No tengo hambre.

–Me importa un bledo. Estás embarazada y tienes que comer.

Skye cerró los ojos.

–Comeré cuando quiera. Cuando tenga hambre –levantó las piernas y se las apoyó contra el pecho, colocando la barbilla en las rodillas. Escuchó cómo Matteo se acercaba más pero no se arriesgó a mirarlo.

–¿Vas a pelearte por todo?

Skye miró hacia delante.

–No me estoy peleando contigo.

–Si eso fuera verdad ya estarías abajo cenando. Melania ha preparado tu plato favorito. Se llevará un disgusto si ni siquiera apareces.

–Eso no es justo –respondió ella en voz baja.

Usar el afecto que sentía por el ama de llaves para que hiciera lo que él quería era un truco sucio. Pero, ¿por qué esperar juego limpio de Matteo? Había demostrado una y otra vez que haría cualquier cosa con tal de salirse con la suya.

–Parece que tienes un vínculo especial con ella –Matteo le dirigió una mirada especulativa.

–Supongo que le gusta tener en casa a alguien que no es un sicópata –el insulto salió con un suspiro de frustración.

Skye se puso de pie y apoyó las manos en la barandilla. Siguió con la mirada una góndola que se deslizaba lentamente por el canal que había debajo. Su frustración iba dirigida preferentemente hacia ella misma. ¿Cómo había sucedido aquello? Había ido a Venecia con un plan muy sencillo. Y había estado muy cerca de conseguir la libertad. Si no se hubiera desmayado… Si Matteo no lo hubiera visto…

Volvió a cerrar los ojos y aspiró con fuerza el aire.

–Enseguida bajo.

Matteo salió de la habitación aparentemente satisfecho sin mirar atrás, dejando a Skye completamente sola.

Capítulo 4

VES ESOS cuadros, Matteo?
Los ojos de Matteo, de ocho años, siguieron la dirección del dedo de su abuelo y asintió pensativo mientras observaba las obras de arte.

–¿Qué son?

La sonrisa del nonno estaba cargada de orgullo.

–Los pintó un estudiante de Modigliani. Puedes reconocer su estilo en los rostros, ¿verdad?

Matteo asintió, aunque no tenía ni idea de quién era Modigliani. Pero entendía que la información que estaban compartiendo con él era importante. También sabía que si asentía y daba la impresión de entender impresionaría a su abuelo. E impresionar a aquel hombre alto y elegantemente vestido se había convertido en una prioridad para Matteo en los seis meses que llevaba viviendo con él.

–Pasaba los veranos aquí cada año, en este mismo hotel, y dejaba un cuadro como regalo en lugar de pagar. Así es como el abuelo de tu bisabuelo consiguió recopilar tantas obras.

–¿Son valiosas, nonno?

–Sí, mucho –su abuelo entornó los ojos–. Pero no están en venta. Hay que conservarlos para recordar. Algún día serán tuyos, los guardarás y cuidarás de ellos y luego se los pasarás a tu hijo, a su hijo y así sucesivamente. Son parte del legado de nuestra familia, Matteo. Ese es su auténtico valor».

El Matteo de treinta y dos años posó la mirada sobre la misma pintura y observó el rostro angular, los colores brillantes y los ojos que parecían seguirle por toda la estancia. Menos mal que su abuelo había tenido la precaución de retirar todas las obras de arte del hotel antes de que el banco las reclamara como parte del hotel.

–¡Ah, *signora*! –la voz de Melania le sacó de sus ensoñaciones.

Se giró y vio como Skye le daba un enorme abrazo al ama de llaves, una mujer que nunca había mostrado ningún afecto por él, pero al parecer adoraba a Skye.

–¡Qué alegría tenerla en casa! Vamos, siéntese. Le he preparado un risotto.

–Gracias, Melania –Skye se dirigió a la mesa. Matteo vio cómo se sentaba y se ponía la servilleta en el regazo, todo sin mirarlo a los ojos.

Su indiferencia le enfurecía.

Y también su frío distanciamiento cuando sabía la pasión que sentía. Había sentido su calor: incluso en el hospital había estallado entre ellos surgido de la nada. Pero ahora tenía la larga melena recogida en una sencilla trenza que le caía por la espalda y estaba vestida con la ropa que había dejado allí durante todas las semanas que estuvo fuera.

–Y dime, Skye –comenzó Matteo cuando ella se sentó enfrente–. ¿Cuál era exactamente tu plan?

Ella no fingió no entender.

–Ahora parece irrelevante.

La expresión de Matteo no cambió.

–¿Ibas a volar a Australia?

Skye abrió los ojos de par en par.

–¿Cómo sabes qué…?

–Tenías el billete en el bolso –la interrumpió él con desdén–. ¿Así que la idea era venir, tener el divorcio firmado y marcharte?

Ella tragó saliva mientras trataba de mantener la calma.

–¿Qué querías, que me quedara a pasar el fin de semana? –le espetó con sarcasmo agarrando el vaso de agua para beber sin bajar la mirada–. ¿A hacer un poco de turismo por el Gran Canal?

–Teniendo en cuenta que estás esperando un hijo mío sí, habría esperado que me consultaras. Aunque no sé por qué me sorprende tanto, conociendo a tu padre.

Skye apartó la mirada, sintiéndose molesta y enfadada en igual medida. Pero no tenía razones para sentirse acobardada por él después de lo que había hecho.

–Eso nos lleva al punto principal, ¿no? Si hubieras sido sincero conmigo desde el principio no estaríamos en esta situación –apuntó.

–¿Y como crees que te mentí te parece adecuado devolvérmela alejando a mi hijo de mí? –preguntó Matteo agarrando la cuchara de servir y pasándosela a Skye.

–Mentiste –le recordó ella evitando el contacto con sus dedos como si tuviera la peste–. Y esto no ha sido una venganza.

–¿No? ¿Entonces por qué no me contaste lo del bebé?

Skye se lo quedó mirando un largo instante y luego sacudió la cabeza. ¿Cómo responder a aquella pregunta sin reconocer lo mucho que lo había amado, sin decirle a su marido que su traición le había roto el corazón? Y no solo una vez, sino cada vez que se levantaba y recordaba de nuevo que no estaba a su lado en la cama.

El orgullo hizo que guardara silencio en aquel punto. Ya era bastante malo que Matteo le hubiera hecho daño, no quería darle además la satisfacción de que lo supiera.

–¿Por qué no me dijiste lo del hotel desde el principio? –preguntó sirviéndose una pequeña cantidad de risotto en el plato–. Si me hubieras dicho que querías comprarlo me lo habría pensado.

–Y después habrías dicho que no –respondió él con dureza por los largos años que había pasado tratando de recuperar el hotel–. ¿Cómo supiste la verdad?

–Le pregunté al abogado de mi familia al respecto –contestó Skye con tono pausado–. Él me contó la historia de la enemistad con mi padre. Que tú quisiste comprar el hotel y él dijo que no. Que amenazaste con destruirle, con «hacerle pagar».

La amenaza le provocó un escalofrío en la espina dorsal. Que se casara con ella habría sido realmente un castigo para su padre si hubiera estado vivo para verlo.

–El mismo abogado que te habría impedido que me vendieras el hotel.

Skye tragó saliva reconociendo en silencio la verdad que había en aquellas palabras. ¿Si no hubiera amado a Matteo le habría vendido una propiedad a un hombre con fama de egoísta y cruel? ¿Le habría vendido algo a un enemigo jurado de su padre?

–Entonces, ¿decidiste seducirme, declararte, hacerme creer que estaba enamorada de ti? ¿Quitarme la virginidad y todo lo demás para hacer que firmara la venta de ese estúpido hotel?

Matteo apartó la mirada con gesto decidido.

–Ese hotel que desprecias lo significa todo para mí. Perderlo no era una opción.

–Oh, vete al diablo –le espetó Skye levantándose de la silla con brusquedad–. ¿Eso lo arregla todo? ¿Como querías el hotel no te importa que yo haya sido un daño colateral?

Matteo apretó los labios y observó en silencio su esbelta silueta a contraluz.

–Nunca debió haberse vendido. Tenía que devolvérselo a mi familia. Era mi deber.

Skye cerró los ojos. Aquello era la confirmación que realmente no necesitaba pero que le venía bien tener. Era algo que podía estrechar contra su pecho para recordar que no debía permitir que nadie más se acercara nunca a su corazón.

–Todo ha sido una mentira. Un juego para ti –se mordió el labio inferior. Le resultaba difícil encarar la realidad incluso ahora.

Matteo se puso de pie y ella siguió sus movimientos con ojos llenos de dolor.

–Todo no –sus palabras sonaron profundas y sensuales, y debieron servirle de advertencia.

Pero Skye estaba demasiado disgustada para usar el cerebro, así que lo miró furiosa y le espetó:

–¿No? ¿Estás diciendo que sentiste algo por mí?

–Oh, sí, *cara*. Claro que sentía algo por ti. Lo que nosotros compartimos no se puede fingir.

Y entonces lo entendió todo con insultante claridad.

–Por el amor de Dios, Matteo –se apartó de él y se acercó a la ventana para mirar el canal. Pero el corazón le latía a toda velocidad y la sangre le corría rápidamente por las venas.

Matteo se le acercó por detrás y le susurró al oído:

—No esperaba que fueras virgen.

Skye cerró los ojos. Aquella noche… aquella hermosa noche. Qué sucia la encontraba ahora al saber que no había sido ni especial ni maravillosa. Había sido una mentira. Un fraude.

—Sí, bueno. Era virgen. Inocente y tonta.

—¿Por qué dices eso?

Ella tragó saliva y sacudió la cabeza. Pero fue un error. Matteo estaba tan cerca que aquel simple gesto acercó su mejilla contra su pecho. Se apartó emitiendo un tenue sonido de protesta.

—Tendría que haber visto cómo eras realmente.

Matteo no respondió. La observó desde la corta distancia que ella había interpuesto, vio cómo mantenía la cabeza alta y los hombros estirados. La admiró a su pesar por el valor que demostraba una y otra vez.

—Estoy muy enfadada conmigo misma. Y contigo —se giró olvidando lo cerca que él estaba. Pero no tenía más espacio. Estaba contra la pared, literal y figuradamente—. ¿De verdad creías que estaría tan enamorada de ti o tan enganchada sexualmente que me olvidaría de usar el cerebro cuando se tratara de firmar papeles importantes?

Skye puso los ojos en blanco.

—Tal vez no se me de especialmente bien distinguir a los malnacidos que engañan, pero me enseñaron a leer cuidadosamente los contratos antes de firmarlos. Incluso los contratos preparados por mi «amado» esposo.

Le espetó las últimas palabras como un insulto final. Le dolía el pecho porque respiraba con dificultad.

—Pero te daré el hotel —dijo tras un largo y tenso

silencio–. Te lo daré ahora mismo sin contraposiciones. Si aceptas que este matrimonio se ha terminado.

Matteo soltó una carcajada amarga.

–No.

–Quieres el hotel…

–¿Cres que lo quiero más que a mi hijo? –Matteo entornó los ojos con rabia.

–Sí –respondió ella simplemente con tristeza–. Creo que estás obsesionado con recuperar el hotel. Hasta el punto de dejar a un lado cualquier ética.

Los ojos de Matteo se oscurecieron.

–Las reglas del juego han cambiado ahora.

–¿Juego? –repitió Skye sin poder disimular la furia. ¿Cómo podía referirse a su matrimonio de aquel modo? Ella le había amado y Matteo le rompió el corazón. Le hervía la sangre.

Él siguió hablando como si nada.

–Mi hijo heredará el hotel independientemente de lo que pase contigo y conmigo. Volverá a la familia Vin Santo de un modo u otro. Esa es y ha sido siempre mi principal preocupación –volvió a entornar la mirada–. Y mientras tanto, estamos casados. Lo que es tuyo es mío, ¿verdad?

Skye apretó los dientes.

–Lo tienes todo pensado, ¿verdad?

–Todo no –respondió Matteo pensativo dando un paso adelante. Un paso que hablaba de peligro, deseo y pasión que llevaba tiempo negándose–. Todavía no sé cómo vamos a criar a un hijo juntos si no podemos estar en la misma habitación sin discutir.

Skye se sonrojó.

–Haré todo lo que sea necesario para asegurarme de que mi hijo es feliz. Incluso fingir que te soporto.

La risa de Matteo le provocó escalofríos.

–¿Y podrás soportar esto? –preguntó dando un paso adelante y rozándole los labios con los suyos de modo que se estremeció todavía más–. ¿Sacarás el máximo partido a nuestro matrimonio disfrutando de la única cosa buena que tiene? –le espetó deslizándole los dedos bajo la falda y conectando con la suavidad de su piel.

Skye dejó escapar un gemido ronco. Cerró los ojos porque no quería ver la expresión de triunfo de Matteo. Si admitía lo mucho que deseaba aquello, a él, tendría todo el derecho a regodearse.

¿Cómo podía seguir deseándole después de lo que había hecho? Le había demostrado ser un auténtico malnacido y, sin embargo, su cuerpo traicionero seguía deseándole.

–No –se escuchó decir–. Y sé que no me forzarás.

Matteo se quedó paralizado.

–¿Forzarte? *Dio!* –dio un paso atrás como si le hubieran arrojado un jarro de agua fría–. Por supuesto que no voy a forzarte. ¿Quién diablos crees que soy? ¿Un salvaje?

Skye trató de reunir toda su rabia. De utilizarla en su defensa. Pero ahora solo había tristeza. Tristeza y desaliento por lo mucho que había perdido… y por el campo de minas que tenían delante.

–Creo que eres una persona horrible –dijo suavemente–. Creo que eres capaz de cualquier cosa. Y te odio.

–¿Crees que te obligaría a meterte en mi cama?

–Me has obligado a casarme contigo –susurró–. ¿Dónde está la diferencia?

Matteo se apartó de ella y se acercó a la mesa. Le dio un sorbo a su vino. Skye vio por el modo en que tenía los hombros hacia atrás y la columna estirada que le había enfadado. Bien. Que sintiera algo de la oscuridad a la que ella tenía que enfrentarse.

–Te casaste conmigo por tu propia voluntad –dijo sin girarse para mirarla–. Elegiste esta vida.

Su lógica era innegable y al mismo tiempo sorprendente.

–Elegí una vida basada en mentiras.

–Sí, sí, eso dices. Pero, ¿cuándo te he mentido? –Matteo se dio la vuelta y la miró fijamente.

–¡Todo el rato! Tú…

–¿Sí? –la interrumpió Matteo–. ¿Qué te dije que no fuera verdad?

Skye abrió la boca y se quedó mirando a su marido con la mente totalmente en blanco.

–No se trata de algo que dijeras específicamente. Era todo lo que fingías ser.

–¿A qué te refieres?

–Fingiste quererme –murmuró.

El dolor de su corazón era un peso con el que no podía cargar. En aquel momento se alegró de no haberle contado nunca el verdadero dolor de su infancia, la soledad en la que había vivido desde que podía recordar. Una soledad nacida de no ser querida que finalmente se calmó cuando conoció a Matteo. Se había sentido especial por primera vez en su vida. Querida. Mimada. Deseada por ser quien era.

¡Qué blanco tan fácil había sido para él!

–¿Yo te dije eso? –preguntó Matteo con naturalidad. Sin imaginar lo dolorosas que eran aquellas palabras.

Skye asintió pero no dijo nada.

¿Le había dicho Matteo alguna vez que la quería? Ella se lo decía con frecuencia, y siempre de verdad. ¿Pensaba quizá que podría querer por los dos? ¿Pensaba que si seguía repitiéndolo serviría para algo?

–No –susurró ella. El dolor le provocó una punzada en la garganta–. Nunca me lo dijiste. Pero sin duda debiste suponer que yo daba por hecho que me querías.

–El amor es irrelevante –le espetó Matteo con impaciencia. Había estado enamorado con anterioridad y la experiencia no le había gustado lo más mínimo.

–Para mí no. Amarte y desearte formaba parte de un todo para mí.

Matteo se acercó más y le sostuvo la mirada. Se detuvo justo enfrente de ella, tan cerca que Skye podía sentir el calor que emanaba su cuerpo. Un calor completamente en contradicción con la frialdad del corazón de Matteo.

–Aquí no hay amor, *cara*. Es mejor que lo aceptes y que tomes lo que estoy dispuesto a ofrecerte.

–¿Y de qué se trata? –murmuró ella sintiendo cómo el corazón se le rompía sin remedio.

–Un lugar en mi cama. Y la promesa de complacerte de todas las maneras que sé que te gustan.

Las palabras de Matteo, su arrogante oferta se quedó en la mente de Skye, recargando su cuerpo con un deseo que lamentaba profundamente.

El problema estaba en que Matteo siempre había sido un amante increíble. Cierto que no tenía otro punto de referencia, pero siempre la llevaba al límite del placer una y otra vez. Había aprendido los secretos de su cuerpo con insultante facilidad. Era capaz de tocarle los senos y llevarla al orgasmo; había besado sus partes más íntimas y sensibles y Skye se había deshecho pieza a pieza hasta romperse del todo y volver a surgir en un reflejo de pasión y deseo.

La había despertado moviéndose encima de ella, entrando en ella, reclamando su cuerpo sin esfuerzo. Le había enseñado mucho sobre el deseo y el calor sensual.

Fue delicado cuando lo necesitaba, y exigente y firme de un modo que le había puesto la piel de gallina.

Y ella siempre le había deseado. Pero ahora, con las hormonas completamente descontroladas, el deseo amenazaba con debilitarla.

Peor, amenazaba con llevarla hasta él.

Skye se giró en la cama y se quedó mirando la pared de enfrente iluminada tenuemente por la luz de la luna. Las lágrimas que había logrado contener toda la noche amenazaban con salir ahora a la superficie, humedeciéndole los ojos y provocándole un nudo en la garganta. Se llevó una mano al vientre y aspiró con fuerza el aire imaginando al bebé creciendo en su interior.

¡Cuánto había deseado aquel embarazo! La mayor parte de las veces tomaban precauciones, pero no siempre. Y, en aquellas ocasiones, Skye había deseado siempre que el resultado fuera un bebé.

Y logró su deseo, aunque no con la felicidad que había esperado.

Descubrir después de dejar a Matteo que habían creado un hijo juntos presentaba un mundo nuevo de problemas. Porque justo después la realidad cayó sobre ella como un huracán. Aunque hubieran hecho falta dos para crear un niño, no lo criarían juntos.

Ella estaría sola. De nuevo. Como siempre.

Aunque no sola del todo, porque tendría un bebé del que ocuparse. Un bebé al que querría con todo su corazón. Le querría por los dos, y se aseguraría de que creciera sintiéndose querido. Así no sería capaz de actuar nunca como Matteo.

Skye estaba decidida a hacerlo todo bien y darle al bebé el amor que ella no había conocido nunca. Y también estabilidad, apoyo y aceptación. No quería criar a su hijo como el heredero de una gran fortuna, y menos de dos. Quería que su hijo tuviera todo lo que necesitaba en la vida, pero Skye sabía de primera mano que las auténticas necesidades no tenían nada que ver con la riqueza económica. Una techo, una cama, la suficiente comida para no sentir hambre… cuando estas cosas estaban cubiertas, ¿qué más se necesitaba?

Ella siempre había tenido más de lo que necesitaba materialmente. Pero en lo que al amor se refería… había padecido un hambre cruel.

Una lágrima solitaria le resbaló por la mejilla y fue a parar a la almohada de seda.

Había sido el blanco perfecto para los planes de Matteo. Sí, él le había mentido, pero Skye imploró la mentira. Imploró el amor.

Deseaba tan desesperadamente que alguien la amara que no se detuvo ni un instante para plantearse absolutamente nada. Había aprendido años antes que los cuentos de hadas no existían. ¿Por qué se había permitido olvidarlo tan fácilmente?

Capítulo 5

Dos años antes

Era sin duda el hombre más impresionante que Skye había visto en su vida. Seguía buscándole con la mirada aunque sabía que debería estar prestando más atención a las personas con las que estaba hablando. Después de todo, aquella era una fiesta de la obra solidaria de su familia, y Skye era la única superviviente de la fortuna de los Johnson.

¡Cómo se habían diezmado sus rangos! Desde su bisabuelo, que tuvo seis hijos, a su abuelo, que crío cuatro, y luego su padre, que carecía de capacidad para comprometerse.

Skye había sido el resultado de una aventura con una azafata, y si su abuelo no hubiera intervenido dudaba mucho que su padre hubiera conocido siquiera su existencia, y mucho menos que se hubiera tomado interés en su educación.

Tenía primos, sí, pero aunque ellos habían heredado fortunas millonarias, era Skye quien llevaba las riendas del imperio empresarial.

Sin duda porque nadie imaginó lo rápido que moriría su padre. Su accidente de esquí fue algo completamente inesperado. Semanas más tarde, su abuelo murió. Los rumores hablaban de un ataque al corazón por la tristeza, pero Skye sospechaba que tenía más que ver con hábito diario de ingesta de whisky. Skye se convirtió en una heredera multimillonaria a la edad de nueve años, y una infancia marcada por el desinterés y la negligencia se convirtió en un tierra baldía vacía desprovista de contacto humano. Un internado en el que le costó trabajo encajar, una tía abuela que toleraba a Skye el menor tiempo posible durante las vacaciones y solo cuando no podía encontrar una niñera que se ocupara de ella.

Miró hacia un lado y se encontró con el rostro de Matteo. La estaba observando. Un escalofrío le recorrió la espina dorsal.

—Estamos pensando en abrir un hospital infantil en Navidad —dijo el presidente de la obra benéfica con una sonrisa radiante.

—Eso está muy bien —asintió Skye.

Generalmente le encantaba la fundación infantil. Era una de las iniciativas que había lanzado cuando tenía veintiún años y tomó el control de las finanzas de su familia. Fue entonces cuando empezó a asistir a las juntas directivas a pesar de los recelos de los presidentes. Fue tomando gradualmente más interés en los negocios, y el trabajo con los niños estuvo durante mucho tiempo en su mente. Y, sin embargo, en aquel momento le resultaba imposible centrarse en el tema.

Matteo tenía los ojos tan oscuros como el granito. Nunca había visto nada igual. Llevaba el cabello negro y fuerte apartado de la frente, y tenía el rostro duro y angular. Era impresionantemente atractivo.

Y luego estaba su cuerpo. Hombros anchos, alto, parecía un guerrero de la antigüedad. Se lo podía imaginar con su armadura de metal lanzándose a la batalla con su rostro decidido y los labios apretados.

Un escalofrío le recorrió la espina dorsal y se le pegaron los pezones a la tela del vestido.

Siguió hablando con el presidente de la obra benéfica, y no fue hasta una hora más tarde cuando Skye se vio finalmente frente a él.

Aquel hombre se había convertido rápidamente en una obsesión.

—Por fin nos conocemos —tenía una voz todavía más bonita de lo que esperaba, y un acento extranjero. ¿Italiano? ¿Griego?

Fuera lo que fuera, sonaba a seducción y apartó de su mente todo lo que no fuera deseo. Skye abrió los ojos de par en par. Sentía los labios secos y no podía hablar. Era un instinto completamente desconocido, pero sentía en las yemas de los dedos el deseo de acariciarle el pecho, de tocarlo.

Tal vez Matteo sintiera lo mismo, porque le tomó la mano entre las suyas y se la llevó a los labios.

—Soy Matteo Vin Santo —dijo mirándola a los ojos y esperando su reacción.

No hubo ninguna. Ninguna que ella reconociera, al menos. El padre de Skye había muerto antes de que pudiera contarle la sórdida historia con los Vin Santos, y su abuelo poco después. Nadie pudo haberla informado de aquella antigua rencilla.

Así que Skye sonrió, una sonrisa cargada de inocencia y curiosidad. Como la de un cordero dispuesto a ir al matadero.

—Skye Johnson.

—Lo sé —Matteo le guiñó el ojo y a ella le dio un vuelco al estómago—. Tu nombre está en la puerta.

—Lo siento. Insistieron en ponerlo.

—Es lo que suelen hacer cuando alguien dona millones de libras —otro guiño.

Skye sintió un deseo que nunca antes había experimentado.

–Supongo que tendré que aprender a vivir con ello –Skye le sonrió. Él le devolvió la sonrisa. Y se le aceleró el pulso.

–Todo es muy elegante y refinado aquí –dijo él con obvia desaprobación a pesar de haber dicho un cumplido–. Pero mataría por una comida de verdad. Supongo que no querrás acompañarme a cenar, Skye Johnson.

Ella parpadeó y la expresión se le nubló durante unos instantes. Luego asintió.

–Supongo que sí –murmuró sin cuestionarse la familiaridad cuando él se inclinó y entrelazó los dedos con los suyos.

–Pues vámonos.

Tal vez fuera el sueño agitado de la noche anterior. Los sueños que la habían atormentado, sacudiéndola cuando estaba a punto de dormirse. Tal vez fueran los recuerdos que invocaban aquellos sueños, pequeños fragmentos de un pasado que le recordaba lo estúpida que había sido.

Fuera cual fuera la razón, en cuanto Skye puso los ojos en Matteo a la mañana siguiente sintió como si le hubieran golpeado con un martillo. Iba vestido con un traje azul marino y camisa blanca abierta al cuello que dejaba al descubierto la columna de su cuello. Tuvo que detenerse al entrar en la cocina para apoyarse.

Matteo alzó la mirada hacia la suya y le recorrió el rostro, viendo todo lo que Skye quería mantener oculto como hizo la noche en que se conocieron. Sin duda vio las bolsas bajo los ojos y la palidez de su piel. Bien.

¡Que viera lo desgraciada que era! Que se sintiera culpable. Aunque al parecer no era capaz de experimentar aquel sentimiento. Desde que Skye había regresado a Venecia no se había mostrado arrepentido en absoluto.

Ella vio cómo se servía una taza de café y se colocaba frente a ella. Matteo le puso la mano en la suya y le clavó la mirada.

–¿Cómo has dormido? –le preguntó con tono intenso.

Pero Skye no quiso dejarse engañar, no quería creer que aquello fuera el final de las hostilidades. Ya le había manipulado con anterioridad, tendría que esforzarse para evitar que volviera a pasar.

–Muy bien, gracias.

–Ojalá pudiera decir yo lo mismo –murmuró Matteo.

–¿Malos sueños? –preguntó ella con malicia.

–No, muy buenos sueños –la corrigió Matteo con tono suave, su implicación clara– Recuerdos.

–Ah –Skye se aclaró la garganta y dio un paso atrás diciéndose a sí misma que el calor que le recorría el cuerpo era debido a la cafeína y no a otra cosa.

–Hoy tengo que ir a la oficina. Solo unas horas.

Skye no se dio la vuelta. Era mucho más fácil pensar cuando él no la miraba.

–Muy bien –dijo asintiendo con la cabeza–. ¿Por qué me lo cuentas? Esto ya no es como antes. No espero que cambies tus planes por mí. De hecho preferiría que no lo hicieras.

–No es como antes –reconoció Matteo colocándose a su lado–. Estás embarazada. La idea de dejarte sola no me gusta.

Skye puso los ojos en blanco.

–Estoy esperando un hijo, no es un actividad de alto riesgo.

–Ayer te caíste al canal –le recordó él.

–Y aquí estoy ahora –dijo Skye encogiéndose de hombros. Le dio un sorbo a su taza de café, disfrutándolo.

–¿Te ocurre con frecuencia?

Ella sacudió la cabeza.

–¿Desmayarme? La de ayer fue la cuarta vez. Es un tema de tensión arterial. Algunas mujeres son más propensas que otras.

Matteo no dijo nada, y Skye se lo tomó como que la conversación había terminado. Bien.

–Me tomaré el café en mi habitación –dijo entonces. Necesitaba espacio. Distancia.

–Espera un momento –le pidió él frunciendo el ceño–. Cambiaré de planes. No debes quedarte sola.

–¡Estoy bien! –exclamó ella girándose para mirarlo con expresión decidida–. Y Melania está aquí.

–Ella tiene bastante que hacer, no puede estar cuidándote.

–¿Y tú no? –respondió Skye al instante–. Cuando estábamos juntos te pasabas fuera doce horas al día.

–Y me echabas de menos.

Ella puso los ojos en blanco.

–Eso no es a lo que me refiero. Solo digo que estoy acostumbrada a que no estés aquí.

Matteo se acercó un poco más.

–Es mi hijo. Y tú eres mi mujer. Eso os convierte en mi responsabilidad.

Responsabilidad. Skye sintió una enorme punzada de dolor. ¿Desde cuándo era una carga, la responsabilidad de alguien y no su alegría?

Tragó saliva, pero las agujas que sentía en la garganta seguían allí.

–Tienes mucho que hacer. Si hay alguna problema Melania te puede llamar.

–Esto no es negociable –afirmó Matteo–. He tomado una decisión.

Skye apretó los dientes con frustración. Estaba claro que no iba a atender a razones, pero tal vez podría usar su preocupación por el bebé para salirse con la suya.

–¿Quieres hacer lo correcto? Pues vete a trabajar. Tenerte rondando por aquí no ayuda a mi presión sanguínea.

Matteo arqueó una ceja y sus labios dibujaron un amago de sonrisa.

–Imagino que yo te subo la tensión –murmuró con tono suave–. Y desmayarse va unido normalmente a la tensión baja, ¿verdad? Así que tal vez tenerme aquí es la medicina que necesitas.

Skye sacudió la cabeza, pero Matteo se acercó a la mesa y arrastró una silla.

–Siéntate, Skye. No vas a ganar esto, así que ahórrate la saliva para discutir de cosas que importen.

–¿Crees que mi libertad no importa? –le espetó ella sin moverse de donde estaba.

–Creo que la seguridad del bebé es nuestra prioridad número uno. Así que me aseguraré de que estés bien.

Matteo se sentó a la mesa y volvió a fijar la atención en las páginas de economía.

Skye dejó escapar un suspiro. Era una casa grande. El hecho de que Matteo fuera a estar por allí no significaba que tuvieran que cruzarse. Ella se quedaría en su habitación o en la terraza de la azotea, lugares a los que Matteo no iría.

–De acuerdo, como quieras –se encogió de hombros–. Pero recuerda que esto va a tardar muchos meses. Eso es mucho tiempo para estar fuera de la oficina.

–Iba a acortar mis horas de todas maneras cuando naciera el niño, así que, ¿por qué no empezar ahora?

–¿Y por qué ibas a hacer eso? –le preguntó Skye agobiada.

–¿Crees que no quiero pasar tiempo con nuestro hijo?

–¡No! –jadeó ella desesperada–. ¡Matteo, este es *mi* hijo! Ayer estabas de acuerdo en divorciarte de mí. Y ahora actúas como si fuéramos a pasar todo el tiempo juntos durante los próximos dieciocho años.

–Al menos –reconoció él con expresión extraña–. No sabía que estabas embarazada cuando viniste a buscar mi firma. Sin duda eres consciente de que esto lo cambia todo.

–Para mí no –afirmó Skye–. Tengo tan pocas ganas de estar casada contigo ahora como entonces.

–Y yo estoy convencido de que mientes tanto ahora como antes.

–¿Por qué te resulta tan difícil creer que una mujer no quiera estar casada contigo? Eres muy arrogante, Matteo. ¿De verdad crees que después de todo lo que me has hecho quiero ser tu mujer?

Él se reclinó en la silla y la miró con curiosidad.

–¿Y qué hice?

Skye se rio con desprecio.

–¿De verdad quieres que haga una lista de tus defectos? Ya los has admitido.

Matteo apretó la mandíbula.

–Quería el hotel –afirmó encogiéndose de hombros–. Eso no cambia nada de nuestro matrimonio. Nada de lo que sentías por mí.

–¡Lo cambia todo! Dios mío, Matteo, me utilizaste. Yo no tenía ni idea de quién eras aquella noche y tú lo sabías todo de mí. Ni siquiera conocía tu disputa con mi familia hasta hace poco más de un mes. Pero tú lo sabías todo. Coqueteaste conmigo y me sedujiste. ¡Todo fue una farsa!

– La pasión no.

Aunque resultaba algo tranquilizador, Skye sacudió la cabeza.

–¿Habrías sentido lo mismo si no fuera por el hotel? ¿Me habrías pedido que me casara contigo?

Los ojos de Matteo no revelaban nada. Era el magnate de los negocios cruel y activo. La mesa del desayuno bien podía haber sido una mesa de juntas.

–¿Qué quieres que te diga, Skye? Ya hemos hablado de esto. Me casé contigo por el hotel. Ojalá no hubiera sido necesario. Pero eso no significa que no hubiera ciertos… beneficios en nuestro matrimonio.

Skye se quedó boquiabierta y lo miró fijamente a los ojos.

–No puedo creer que caigas tan bajo.

–Utilicé todos los medios necesarios –se encogió de hombros con aparente despreocupación–. Tú estuviste dispuesta a fusionar nuestro patrimonio. Fue tu decisión, no la mía.

–Sí –reconoció ella suavemente–. Pero solo porque estaba enamorada de ti. Y pensé que tú también me amabas. Si hubiera sabido que solo te habías declarado por el hotel me habría enfrentado a ti con uñas y dientes.

–Por eso precisamente me casé contigo –murmuró con tono suave.

Matteo se puso de pie bruscamente y rodeó la mesa. Se detuvo a su lado y se agachó de modo que la tela de los pantalones se le estiró sobre los poderosos muslos. Skye hizo un esfuerzo por apartar la vista, pero no antes de que el efecto de su cercanía se le quedara grabado en la conciencia, recordándole cómo se había sentido bajo aquellas piernas, bajo su cuerpo.

Tenía la boca seca y sentía que se le había disparado la temperatura.

Matteo le puso los dedos en la barbilla y la obligó a mirarlo, elevándosela de modo que sus rostros estuvieron al mismo nivel.

–Esta conversación es redundante. No cambia nada de lo que ambos queremos.

Los labios de Matteo se clavaron en los suyos, sorprendiéndola y al mismo tiempo respondiendo a cada deseo que la atravesaba. Se rindió a su beso aunque sabía que debería estar luchando contra él. Contra su atracción.

Pero era egoísta, sentía deseo y llevaba mucho tiempo sin sus caricias. Necesitaba su contacto. Tenía en la punta de la lengua la palabra que le daba vueltas por la cabeza: «por favor».

–Muy pronto me estarás suplicando que te tome. Y voy a disfrutarlo, señora Vin Santo.

Así que Skye no dijo nada. Le besó porque no era lo bastante fuerte como para no hacerlo, pero no suplicó aunque su corazón lo hiciera en silencio.

Capítulo 6

S KYE se puso boca arriba y escuchó su meditación con más fuerza, concentrándose tanto en relajarse que se agitó todavía más al ver que el sueño no llegaba. Y cuanto más se concentraba en que necesitaba dormir, más le costaba reconciliarse con el hecho de que todavía estaba despierta, así que rebobinó la grabación hasta el principio y se concentró todavía más.

Pero fue inútil.

Tras una hora respirando profundamente e imaginando un mar calmado con un rayo de sol cruzando su superficie, se sentía agitada e irritable.

Agarró el teléfono, silenció la meditación guiada y miró la hora. Era poco más de medianoche y estaba completamente despierta.

Apartó las sábanas de seda y se levantó de la cama para acercarse a la ventana. Abrió las contras de madera antigua que bloqueaban el ruido y las luces de Venecia y agarró una de las flores de geranio que había en una maceta en la ventana. Se la llevó a la nariz y la olió durante unos segundos antes de arrojarla sin ningún cuidado por la ventana, inclinándose un poco para verla caer al agua del canal.

Incluso las cosas más bellas estaban destinadas a terminar. Su matrimonio debió ser una de ellas. De hecho, su matrimonio no debió tener lugar nunca, se

corrigió. Aquel maldito hotel. ¿Cómo podía justifi-
carse lo que Matteo había hecho, casarse con ella para
asegurarse una propiedad? ¿Acostarse con ella, ser su
primer amante y también su primer amor? ¿Podría
perdonarle aquello alguna vez? ¿Se atrevería siquiera
a intentarlo?

Una brisa suave se filtró a través de la ventana
abierta. Skye la aspiró con fuerza. Olía a geranios, a
gente, a helados, a Venecia… todo le resultaba de lo
más familiar. Su incomodidad creció. Sabía que la culpa
de su insomnio era toda del beso de Matteo. Había
sido solo un instante, un rápido recordatorio de cómo
podía reducirla a cenizas y humo sin ningún esfuerzo
por su parte. Después de aquello se levantó, al parecer
sin que le hubiera afectado nada, y la dejó comiendo
sola.

Y aunque había cambiado su horario para poder
echarle un ojo durante el día, apenas le había visto.
Algo que Skye debería agradecer… pero no era así.

Aquel beso había despertado algo en ella. Un deseo que creía haber dejado muerto con su matrimonio.
Un deseo que le resultaba absolutamente confuso.

Otra oleada de brisa le recorrió la piel y se la puso
de gallina. Al parecer le iba a resultar imposible dormir. Se movió en silencio por la habitación y abrió la
puerta despacio. Se detuvo y escuchó durante un instante. La casa estaba en silencio. ¿Dormía Matteo?

La imagen le impactó. Siempre dormía desnudo.
El corazón le latía con fuerza dentro del pecho mientras recorría con la mirada el pasillo hacia la habitación que antes compartían. ¿Estaría él ahora allí desnudo, bronceado, viril? ¿Estaría allí dentro pensando
en ella?

Hizo un esfuerzo por apartar la vista. No tenía ninguna intención de dejarse llevar por las necesidades físicas de su cuerpo. No era tan estúpida. Ni tan débil.

Se giró en dirección opuesta y recorrió el pasillo, deslizando la mirada por la impresionante colección de arte que colgaba de las paredes hasta que llegó a las amplias escaleras de mosaico. Subió por ellas con cuidado hasta la siguiente planta, que rebosaba de habitaciones de invitados y en la que estaba la imponente biblioteca.

Cuando llegó a Venecia de recién casada decidió empezar a leer aquellos libros comenzando por la esquina superior izquierda, completar la hilera y bajar al siguiente estante. Había leído dieciséis libros. Recordaba con total claridad en qué punto estaba. Llevaba el último libro en el bolso el día que fue al despacho de Matteo. El día que leyó los contratos y empezó a preguntarse cosas.

Nunca terminó aquel libro y no tenía pensado hacerlo.

Alzó la barbilla con determinación y se dirigió hacia arriba. La escalera se estrechó cuando dobló la esquina y al llegar a lo alto se encontró con una puerta estrecha y cerrada. Apoyó la palma contra ella durante un segundo, preparándose para lo que sabía que había al otro lado.

El jardín de la azotea. La buganvilla, que parecía tener vida propia enredándose alrededor de las vigas de madera. También había glicinias, pesadas y fragantes con sus capullos en forma de uva, y una piscina pequeña de mosaico muy limpia. Se había zambullido en ella cuando tenía calor, refrescándose con una profunda sensación de gratitud.

Allí era donde habían hecho el amor por primera vez, y le resultó imposible borrarlo de la memoria cuando por fin abrió la puerta y entró en la terraza. Estaba tenuemente iluminada, y las estrellas brillaban como si el cielo estuviera cubierto de diamantes. Escuchó el sonido de unas salpicaduras, y supo al instante quién estaba haciendo aquel ruido.

Aquel era el santuario de Matteo, donde acudía para escapar de la velocidad del mundo real. Y lo había compartido con ella. En su momento se sintió halagada. Pero ahora se daba cuenta de que era un precio muy barato a pagar por el hotel que Matteo quería quedarse.

Las mejillas se le sonrojaron. De rabia.

¿Cómo se atrevía a ser tan guapo? La luna parecía acariciarle la piel, cubriéndole los hombros y la espalda de polvo de diamante mientras miraba hacia aquella vista que tanto amaba.

Skye sintió una punzada de deseo. Y la ignoró. Aquello había sido una mala idea. Dio un paso atrás y se dirigió hacia la puerta. Necesitaba poner toda la distancia posible entre su marido y ella.

No quería hablar con él. No quería ver nada más. ¿Llevaría bañador, o nadaría desnudo como siempre hacía? Tragó saliva y se dio la vuelta. Y entonces escuchó su voz, baja y autoritaria.

–Skye.

Ella se quedó paralizada con los ojos cerrados y los labios entreabiertos. Sentía el pulso completamente acelerado. ¿Por qué sentía aquello por él a pesar de cómo le odiaba por lo que le había hecho?

–Date la vuelta.

Sus palabras eran una orden y Skye quiso ignorarlas. Endureció el corazón al poder que tenía sobre ella, o al menos lo intentó. Quería correr. Quería ignorarle, fingir que no le había oído. Pero estaba claro que sí, y la idea de parecer que le tenía miedo le resultaba inconcebible.

Se giró muy despacio. Miró a su alrededor con cuidado, como lo haría para observar un eclipse solar, esperando en cualquier momento recibir la carga de su visión. Tragó saliva y dio un paso adelante sin ser consciente.

Matteo avanzó por el agua al mismo ritmo que ella, de modo que llegó al borde de la piscina al mismo tiempo que los dedos de los pies de Skye rozaban el bordillo. El poderoso cuerpo de Matteo salió del agua sin esfuerzo, las gotas de agua repartidas por la piel de su pecho.

–No podía dormir –explicó Skye con los ojos clavados en los suyos aunque sabía que tenía que desviar la vista. El aire que los rodeaba era denso, y tenía más que ver con su pasado, su presente que el calor de la noche de verano. No, eran los susurros de su historia que los envolvían, y lo único que pudo ver Skye por su parte fue la naturaleza interminable de toda la situación. El amor que sentía por él se había transformado en odio, pero todavía había mucho amor allí. Porque como no había amado nunca antes que él, le había entregado su amor a Matteo sin esperanza de recibir nada a cambio.

Le había entregado el corazón para siempre, y no había manera de recuperarlo. A pesar de lo que él había hecho. Y ahora un bebé los uniría para siempre, el futuro se abría ante ella como un campo de minas por el que tenía que moverse. Tenía que hacerlo bien. Tenía que trazar una línea en la arena y mantenerlo firmemente al otro lado.

Pero también necesitaba su boca, sus manos, su cuerpo. Todo él. Lo único que podía sentir era el deseo que la atormentaba con sus exigencias y la insistencia en que se dejara llevar por él.

Skye sonrió tirando del último jirón de voluntad que quedaba en ella. Una sonrisa que trató de ser razonable en medio de toda aquella locura.

–¿Has terminado? –le preguntó–. Porque me gustaría darme un baño.

Los dedos de Matteo fueron hacia ella, y en cuanto conectaron Skye contuvo el aliento.

–¿Con esto? –preguntó buscando el camisón de algodón. La sonrisa traviesa de sus labios la llevaba de regreso al pasado, a un tiempo en el que su sonrisa la volvía loca. Cuando la hacía sentirse conectada con él y rebosante de placer, no solo placer sexual, sino placer verdadero por el lugar que ocupaban el uno en la vida del otro. Aquella sonrisa era una mentira peligrosa. Hacerle caso sería una tontería. Y ella ya no era ninguna tonta. Al menos no tanto.

–No –dijo en un susurro.

–¿Puedo? –Matteo le sostuvo la tela entre los dedos. Ella contuvo el aliento. Era imposible malinterpretar lo que estaba diciendo.

Consciente de que estaba jugando con fuego, que estaban al borde de un precipicio y a punto de caerse, Skye asintió. Clavó la mirada en la suya mientras Matteo le levantaba el camisón tan despacio que se sintió impaciente. Le deslizó la tela a lo largo del cuerpo, deteniéndose en la cintura para acariciarle la piel. Subió un poco más y le rozó la sensible piel del lateral del pecho. Skye se tuvo que morder el labio inferior, preguntándose si la tocaría y qué diría ella si lo hacía.

–Levanta las manos –le pidió Matteo con una sonrisa que le provocó un nudo en el estómago.

Skye obedeció sin apartar la mirada de la suya como si estuviera atrapada por una fuerza magnética invisible. Alzó los brazos al cielo y él siguió subiendo el camisón. Skye se quedó delante de él con un simple tanga de encaje.

Matteo descartó la tela sin ningún cuidado y la dejó sobre una de las hamacas. La luz de la luna le recorría la piel, y también el rostro de Matteo, bañándolos en la magia del momento.

–¿Puedo? –la misma pregunta, pero esta vez con voz más profunda, ronca.

Skye no sabía cuál era su intención, pero asintió de todas formas, viendo como le ponía primero la mano en el vientre y abría los dedos como si buscara en su abdomen la prueba del embarazo. Como si buscara confirmación, sus ojos buscaron los suyos y Skye sintió un torbellino de emociones entre ellos. El deseo, la rabia, la traición. Todo la rodeaba, haciendo que le resultara imposible saber qué sentía y qué quería. Lo único que sabía era que no debería querer aquello. Que debería ponerle fin a lo que estaba ocurriendo.

Subió más arriba las manos y le cubrió los senos, recorriéndole los pezones. Era una caricia dolorosamente familiar. Aunque hacía más de un mes que no estaba desnuda con él, nunca había olvidado aquella perfección.

Resultaba difícil olvidar cuando los recuerdos te perseguían en sueños.

–Quiero besarte –murmuró él volviendo a ponerle las manos en las caderas y sosteniéndola, necesitándola tanto como ella. Estaba mojado, tenía el cuerpo húmedo por el agua de la piscina. Skye bajó la mirada hasta su pecho. Allí estaba su corazón. Aquel corazón cruel y frío. El corazón que nunca sostendría entre sus manos como Matteo sostenía el suyo. Tragó saliva para contener la rabia.

¿Podría acostarse con él de todas maneras? ¿Podría volver a su cama sabiendo que no la amaba? Estaba convencida de lo que habían hecho en el pasado era hacer el amor. Que su deseo era la representación física de su compromiso emocional. Pero Matteo nunca la había amado. Dudaba de que fuera capaz de sentir semejante emoción.

¿Podría ignorar Skye aquel hecho? ¿Podría permitir que el sexo borrara lentamente ese dolor? ¿No era mejor que nada?

–¿Qué te detiene? –le preguntó en voz baja. Pero sus palabras estaban cargadas de incertidumbre.

Matteo alzó el pulgar y se lo deslizó por el labio.

–¿Qué quieres?

Skye sonrió sin ganas.

–Esta mañana no te importaba lo que quiero.

–Entonces querías que te besara.

Ella parpadeó y apartó la mirada, tragando saliva para intentar deshacer el nudo de deseo y pensamientos.

–¿Y ahora? –le preguntó.

Matteo esbozó una sonrisa depredadora.

–No puedo escuchar lo que tú quieres por encima de lo que quiero yo. Necesito que me lo digas.

Skye volvió a mirarlo a la cara, sentía la respiración agitada.

–¿Qué quieres tú? –le preguntó con callada intensidad.

El rostro de Matteo se descompuso con una emoción que no le resultaba familiar.

–Quiero que sea como antes.

La sorpresa la atravesó hasta que se dio cuenta de que estaba hablando de sexo. Una vez más. Quería estar con ella cuando sentía la punzada del deseo.

–Eso no es posible –respondió con tono ronco.

Parecía que iba a decir algo, pero al parecer cambió de opinión.

–Nada conmigo.

No era una invitación, no era una orden. Solo era una idea. En el pasado habían nadado muchas veces juntos. ¿Qué tendría de malo hacerlo una última vez?

Asintió y se acercó al borde del agua. Se lanzó con elegancia inconsciente. La piscina no era muy larga, solo diez metros, pero era muy profunda. Emergió y se dirigió al extremo que tenía vistas al mar. Ahora estaba oscuro. Matteo nadó hasta colocarse a su lado y se apoyó en el borde rozándole el codo con el suyo. Skye no se movió.

–Me he estado preguntando algo –dijo sin mirarla–. ¿Cuándo supiste lo del bebé?

–Hace un par de semanas –el rostro de Skye palideció bajo la luz de la luna.

Matteo guardó silencio durante un largo instante.

–¿Y cómo te sentiste? –dijo finalmente–. ¿Sorprendida? ¿Feliz? ¿Triste?

Skye echó la cabeza hacia atrás y se mojó completamente el pelo antes de volver a sacarla.

–Las tres cosas –reconoció encogiéndose de hombros.

–¿Y cuándo decidiste que no me lo ibas a contar?

Ella torció el gesto.

–No es que tomara una decisión al respecto. Supongo… –lo miró un instante a los ojos y luego apartó la mirada–. No se me ocurrió pensar que te lo diría. Nuestro matrimonio había terminado.

–Eso no cambia el hecho de que hicimos un hijo juntos.

Ella asintió suavemente.

–Estaba triste –dijo volviendo a la pregunta original–. Esa fue mi primera reacción. Devastada. No podía creer el mal momento. Si hubiera sido una semanas antes… –sacudió la cabeza–. Siempre he querido tener hijos, incluso de adolescente. Me imaginaba a mí misma en una gran familia. Muchos hijos, un marido cariñoso –apoyó la mejilla contra las manos y se giró para mirarlo–. Una familia feliz.

–Como la que tú nunca tuviste.

No tenía sentido negarlo. Skye le había contado suficientes cosas de su vida como para que supiera que tuvo una infancia miserable.

–Sí.

–¿Y ahora estás contenta?

Ella sacudió lentamente la cabeza. Le sorprendieron las lágrimas que le velaron en los ojos.

–¿Cómo voy a estarlo? –susurró–. Estoy atrapada. Este matrimonio es todo lo que no quiero. Quiero decir, estoy deseando conocer a mi… a nuestro hijo. Sé que voy a quererle o a quererla muchísimo. Pero Matteo, si alguna vez sentiste algo por mí… si en tu motivación hay algo más allá de la venganza y la codicia… sin duda te darás cuenta de que obligarme a seguir casada contigo es un error.

Matteo emitió un sonido de frustración y salvó la distancia que había entre ellos, buscándole las caderas con las manos bajo el agua. La apartó rápidamente del borde de la piscina y la sostuvo contra su cuerpo mirándola a los ojos.

–¿Cómo puedes decir que esto es un error?

Y entonces la besó desesperadamente, ansioso,

con todo el deseo que estaba dentro de él. La besó, la sostuvo contra él y luego apartó la mano. Skye sintió sus dedos acariciándole el estómago mientras buscaba la cinturilla del bañador y se lo bajó. Matteo movió las piernas y se libró de aquel impedimento y entonces se quedó desnudo contra ella con la erección apretada contra su vientre.

El deseo era como un fuego salvaje. La consumía, reclamando su atención. Era una fuerza demasiado poderosa como para ignorarla, y además no quería hacerlo. Pero el dolor era demasiado fuerte para olvidarlo, y Matteo le había hecho mucho daño.

–Te odio –dijo muy en serio apartándose de él lo suficiente para poder mirarlo a los ojos y demostrarle que hablaba en serio–. Esto es solo físico. No significa nada.

Matteo apretó la mandíbula. Parecía como si quisiera decir algo, pero luego asintió y la llevó al final de la piscina de modo que sus pies tocaban el fondo. Y luego volvió a clavar la boca en la suya y bajo el agua le buscó las braguitas y se las apartó con facilidad. Apenas se las había quitado cuando Skye se levantó y le enredó las piernas en la cintura para que pudiera deslizarse fácilmente en su interior.

Así lo hizo Matteo, embistiéndola despacio al principio de modo que ella gimió sobre su boca. Se le volvieron a llenar los ojos de lágrimas y sintió un nudo en la garganta mientras los recuerdos se apoderaban de ella. La perfección de aquel momento era una cruel ironía teniendo en cuenta su discordancia emocional. Pero no le importó. La agradeció. Agradecía que tuvieran al menos aquella conexión. La más importante que Skye había tenido en su vida, aunque significara tan poco para él.

Le puso las manos en los hombros y se las clavó en la piel suave y bronceada, moviendo las caderas mientras él la penetraba con más fuerza. Matteo le deslizó la boca al cuello y le mordisqueó la piel en la base, moviéndose más deprisa y más profundamente. Skye se le agarró a los hombros mientras el mundo empezaba a desaparecer y el placer eclipsaba todo lo demás como siempre había pasado. Echó la cabeza hacia atrás y sus senos salieron a la superficie del agua de modo que él pudo inclinarse e introducir un pezón en la boca, lamiéndoselo con la lengua.

Tenía los senos tan sensibles que estuvo a punto de llevarla hasta el límite. Skye gritó al cielo de la noche de Venecia, se agarró a él y se dejó llevar por una oleada de placer, un momento de perfección. Pero Matteo no le permitió volver a la tierra. Aunque estaba temblando, la levantó, la apretó contra su cuerpo y subió las escalerillas de la piscina hasta colocarle el trasero en el borde de la piscina.

Le puso la boca en la suya y la tumbó de modo que tuvo la espalda apoyada contra las baldosas que rodeaban la piscina. Le saboreó el torso con la boca primero y luego los senos, lamiéndole el agua mientras despertaba en ella nuevas capas de deseos y recuerdos. Le deslizó la lengua por el vientre y luego la bajó hacia el centro de su feminidad, lamiéndola de nuevo de modo que Skye gimió y arqueó la espalda.

–Dime qué quieres –la invitó. Sus palabras estaban teñidas de una emoción que no supo identificar, algo peligroso.

Skye miró hacia arriba, la mente nublada por el deseo que le recorría la sangre. Quería a su marido. Quería que volviera a besarla, que le hiciera el amor. Lo quería todo.

–Dime qué quieres tú –le retó ella con voz ronca. El aire le quemaba en los pulmones. Se levantó sobre los codos y lo miró con las mejillas sonrojadas y los ojos ardiendo en desafío.

–¿No es obvio? –le preguntó Matteo con tono algo burlón.

Luego volvió a llevar la boca a su zona más sensible de modo que ella ya no pudo hablar ni pensar, solo podía sentir. Y lo sentía todo. Sentía la suave brisa en la piel, la noche que los rodeaba; sentía la luna mirándolos y las estrellas observándolos, sentía la boca y las manos de Matteo y su propio corazón.

–Por favor –las palabras salieron de su boca antes de que pudiera evitarlo y se mordió el labio inferior. Odiaba que Matteo tuviera razón, que hubiera acabado pidiéndole una vez más que la tomara. Que estuviera a punto de suplicarle.

Matteo no se detuvo. Pero tampoco se regodeó, y ella se lo agradeció. Arqueó la espalda y sus manos le recorrieron los costados, sosteniéndola, y luego se apartó moviéndose encima de ella, tomándola una vez más, embistiéndola y respondiendo a todas las preguntas que no había sabido formular.

Era perfecto, y al mismo tiempo estaba lleno de fallos. Como si Matteo le hubiera leído el pensamiento, acercó la boca a la suya.

–Entre nosotros siempre ha sido perfecto.

¡Pero no lo era! No era perfecto desear a alguien tanto cuando no tenía nada que ver con el amor. Todas las fantasías que tenía sobre la vida, las relaciones y el matrimonio se habían desintegrado. Y, sin embargo, tal vez esto fuera suficiente.

Le parecía suficiente haber tenido sexo con su marido. Era fácil pensar que todo sería maravilloso para siempre.

—Es una locura —susurró, pero no se detuvo, siguió moviéndose debajo de él, retorciéndose.

—Sí —Matteo se movió más deprisa, más profundamente, besándola al unísono de los movimientos de su cuerpo.

Skye colapsó debajo de él al mismo tiempo que Matteo hacía explosión y recorrieron aquella oleada perfecta de placer juntos, sin querer pensar en lo que pasaría a continuación.

Capítulo 7

LO QUE hicimos anoche es seguro para el bebé?
–Matteo clavó la mirada en ella por encima de los periódicos, el café y los cruasanes.

Skye se sonrojó ante la referencia al modo en que habían hecho el amor en la piscina y se rio nerviosa.

–Por supuesto, el sexo no es ningún problema para el bebé.

–Me alegro –Matteo extendió la mano por encima de los periódicos y se la puso en la suya–. Porque quiero hacerlo más.

Skye tragó saliva y clavó la vista en un punto del horizonte.

–Creo que no debemos volver a hacerlo.

Matteo frunció el ceño.

–¿Por qué diablos no?

–¿Quieres que criemos a este bebé juntos? Ya va a ser bastante duro sin necesidad de meter al sexo en la ecuación.

Al parecer aquello no había sido nunca un problema para Matteo. Había sido capaz de apartar el sexo de todo lo demás. Las mentiras. La traición.

–Es demasiado complicado.

Él apretó los labios con gesto de frustración.

–Creo que anoche dejamos claro que esto no tiene nada de complicado. Ha sido tan fácil para nosotros como siempre.

–Pero tu corazón no está en juego –respondió ella–. Pero para mí, que una vez te amé, me aterra volver a cometer la misma estupidez. Confundir el sexo con algo completamente distinto. Sobre todo porque puedes hacer que mi cuerpo se sienta de un modo especial.

Skye se puso de pie inquieta y cambió de tema aunque su mente seguía dándole vueltas al asunto.

–Hace un día precioso. Me voy a dar un paseo.

Matteo no la miró. Siguió con la vista clavada hacia delante, casi como si no la hubiera oído. Skye se aceró a la puerta y su voz la ordenó detenerse.

–Espera un momento –se puso de pie–. Iré contigo.

La exasperación resultaba obvia en la expresión de Skye.

–No hace falta.

–Dime una cosa, señora Vin Santo. ¿Solo atiendes a razones cuando te beso? –Matteo se puso de pie con gesto firme y avanzó hacia ella. Estaba tan cerca que ella contuvo la respiración, esperando, sabiendo lo que venía. Sabiendo que podía apartarse, ser firme.

No lo hizo.

Se quedó donde estaba y le miró directamente No, hizo algo más que eso. Quería que la besara. Porque sus besos no solo le robaban los sentidos y despertaban sus deseos, también se llevaban su dolor. Y Skye ansiaba aquel momento de paz. De claridad, placer… y felicidad.

–No quiero que vuelvas a intentar nadar en el canal –los ojos de Matteo brillaban con determinación–. Así que quiero estar allí para asegurarme de que no lo haces.

Nunca había tenido mucho sentido discutir con Matteo. Siempre se salía con la suya. Al menos así había sido durante su relación, y su propio matrimonio era la prueba de los extremos a los que estaba dispuesto a llegar para conseguir sus objetivos.

Caminó a su lado por rutas que le resultaron familiares al instante. Caminos que había recorrido en el pasado con frecuencia, cuando estaba enamorada y Venecia había sido la representación física de su estado mental. Pasaron por una calle que no estaba muy transitada, pero los ojos de Skye fueron a parar a un niño pequeño que estaba unos metros más abajo. Parecía asustado. Frunció el ceño mientras miraba alrededor buscando al adulto que debía estar con él, pero no había nadie. Skye le sonrió para animarle, pero el niño no le devolvió la sonrisa. Se limitó a mirarla fijamente.

Ella se aproximó sin pensar y cuando estuvo cerca se dio cuenta de nuevos detalles. La ropa le quedaba un poco pequeña, la camisa apenas le entraba en la cinturilla, así que el menor movimiento se la levantaba, dejándole el vientre al descubierto. Tenía el pelo muy corto.

Skye se detuvo delante de él.

–Hola, ¿estás bien? –le preguntó en italiano.

El pequeño parpadeó.

–Sí, señora –respondió. Y luego dijo algo más, algo demasiado rápido y con un acento muy cerrado.

Ella esbozó una sonrisa de disculpa.

–Lo siento, mi italiano no es muy bueno.

–Dice que nunca había visto a nadie como tú –dijo la voz de Matteo justo a su espalda.

–Me pregunto a qué se refiere –dijo Skye mirando a Matteo.

Matteo le hizo la pregunta al niño y alzó las cejas al escuchar su respuesta.

–Dice que eres muy guapa y muy elegante.

A Skye se le sonrojaron las mejillas. Se incorporó y centró la atención en Matteo.

–Te lo estás inventando.

–¿Y por qué diablos haría algo así?

–No lo sé. ¿Por qué haces todo lo demás?

El niño le acarició entonces el antebrazo y murmuró algo en italiano. Ella le sonrió sin preocuparse en absoluto por la caricia. Al parecer Matteo no sentía lo mismo. Se puso tenso.

–Dice que eres muy suave. Como… como un pétalo.

Skye se rio.

–Es todo un romántico, ¿eh? –volvió a mirar al pequeño–. ¿Crees que está bien? ¿Necesitará algo?

–Probablemente es gitano –adivinó Matteo.

–¿Dónde están sus padres?

Matteo le preguntó al niño pero con los labios apretados. Al parecer no aprobaba que su mujer se interesara tanto por la vida del niño.

–Dice que su familia tiene un barco cerca de aquí donde él trabaja.

–¿Trabajar? –la confusión de Skye era obvia. El niño debía tener seis o siete años a lo sumo–. Es demasiado pequeño.

Volvió a agacharse, rebuscó en el bolso y sacó varios billetes. Se los dio al pequeño asegurándose de que los agarraba bien.

–Toma esto y vete a casa –le dijo con tono suave–. Deberías estar en el colegio. *Scuola.*

El niño la miró con los ojos abiertos de par en par. Luego miró el dinero que tenía en la mano y abrazó a Skye antes de salir corriendo con sus delgadas piernas.

–¿Vas a rescatar a todos los niños pobres que veas? Si es así te sugiero que no pasemos por la plaza de San Marcos.

Ella le dirigió una mirada impaciente.

–Es muy triste. Pobre niño.

Matteo se encogió de hombros.

–A mí me ha parecido bastante feliz.

¿Acaso le sorprendía que su marido de corazón frío no se sintiera conmovido al ver a un niño de la calle? Era otra marca contra él, otra prueba de su desapego emocional.

Caminaron en silencio durante un instante.

–Me pregunto cómo será nuestro hijo –dijo Skye distraídamente cuando se acercaron al Gran Canal.

–¿Te lo imaginas?

–A veces sueño con él. O con ella –dijo encogiéndose de hombros–. Veo un bebé. Regordete y con la piel acaramelada como la tuya… ojos oscuros, hoyuelos –volvió a encogerse de hombros–. Pero supongo que todos los bebés son un poco así.

–Así imagino yo también a nuestra hija. Una niña con un flequillo como el tuyo.

–No creo que los bebés nazcan con cortes de pelo –bromeó Skye–. ¿Crees que va a ser una niña?

Matteo compuso una mueca.

–No lo sé. Y no me importa.

–¿De verdad? Y yo que pensaba que eras uno de esos tipos patriarcales que buscan a toda costa un heredero varón.

Matteo se metió las manos en los bolsillos.

–Yo no estaba muy unido a mi padre –dijo tras un largo silencio–. Fue mi abuelo quien más o menos me crio. Tal vez si hubiera vivido un ejemplo distinto de la unión de padre e hijo desearía más tener un varón

–torció los labios en gesto de indiferencia–. La verdad es que lo único que quiero es que esté sano. Y que tenga el corazón de su madre.

–¿Sí? ¿Y eso por qué?

–Porque según tú yo no tengo corazón –le recordó él.

–No lo digo yo, lo dice todo el mundo –le corrigió Skye retomando el paso.

–Sí. ¿Y tú qué crees, Skye? ¿Soy tan despiadado como todo el mundo piensa?

Skye palideció.

–No creo que debas preguntarme eso.

–¿Porque tu respuesta va a herir mis sentimientos?

–Tal vez –susurró ella–. ¿Importa algo lo que yo piense?

Matteo guardó silencio durante un instante. Tenía una expresión seria, pero luego sonrió como si quisiera dejar de lado aquella conversación.

–Tengo hambre, ¿comemos?

–Pero si acabamos de desayunar…

Matteo chasqueó la lengua en gesto de desaprobación.

–¡Y dicen que tienes que comer por dos! El desayuno ha sido hace horas.

–De acuerdo, como quieras –suspiró ella–. ¿Por dónde vamos?

Matteo se la quedó mirando un instante y luego dirigió de nuevo la vista al camino que tenían delante.

–No está muy lejos. Es por aquí.

Caminaron en silencio, pero ya no era un silencio cómodo. Era denso y estaba cargado de las dudas y la frustración que se habían convertido en marcas importantes de su relación.

Casi diez minutos más tarde, Matteo se detuvo.

–Es aquí.

Skye se paró y miró hacia la dirección que él le indicaba.

–¿Aquí? –preguntó con incertidumbre.

–¿Qué tiene de malo?

Skye se fijó en los inmaculados manteles blancos, los pequeños jarrones con claveles, las enormes lámparas de araña que iluminaban el comedor, el pianista de la esquina tocando lo que pareció que sonaba a Bach.

–Es un poco más formal de lo que esperaba.

–Seguro que te pueden preparar un sándwich si lo prefieres.

Aquel era otro recuerdo del pasado. Matteo siempre se había burlado de su afición a los sándwiches de pepino, algo que le resultaba insoportablemente británico.

–De acuerdo –dijo Skye frunciendo el ceño y entrando por delante de él en el bonito restaurante.

Los recibió un hombre de cejas pobladas y pelo gris vestido de esmoquin. Tras una corta conversación con Matteo en italiano fluido, el camarero los dirigió hacia el restaurante. Era mucho más grande y más suntuoso visto desde dentro.

–Por aquí, señora –dijo el camarero.

Y Skye se dio cuenta de que se había quedado paralizada. ¿Qué le pasaba? No era la primera vez que estaba en un restaurante de lujo. Había nacido en cuna de oro, como solía decirse. Había celebrado sus cumpleaños en sitios así más veces de las que podía recordar.

Pero estar allí con Matteo, escuchando los acordes del piano, con las flores agitándose suavemente bajo la brisa… todo resultaba muy… romántico.

La palabra se abrió paso suavemente en su alma e hizo todo lo posible por apartarla de sí. Mantuvo una expresión neutral mientras cruzaba el restaurante y tomaba asiento frente a Matteo lamentando no llevar algo un poco más elegante que los vaqueros y una camiseta gris. Al menos las joyas le daban cierto aire de formalidad: la cadena de oro era única y le hacía juego con la manicura. Una manicura que se había hecho cuando pensaba que iba a volar a Australia soltera, embarazada y lejos de Matteo y sus manipulaciones. Se miró las uñas y frunció ligeramente el ceño.

–Sí –dijo él despacio mientras ella se sentaba–. Yo he estado pensando en lo mismo.

A Skye se le aceleró el corazón.

–¿A qué te refieres?

Matteo metió la mano en el bolsillo de la chaqueta y sacó una cajita. Skye lo reconoció al instante. Tenía la espalda muy recta, pero sintió escalofríos en ella.

Matteo abrió la cajita y se la pasó con mucho menos parsimonia que la última vez que le había entregado un anillo.

–«Nada me haría más feliz que te casaras conmigo, Skye. Dime que sí.

Aquellas palabras la rodearon y sintió como si la elevaran del suelo. Asintió con todo el entusiasmo que le cabía en el corazón.

–¡Por supuesto que sí!».

–No me gusta que no lo lleves puesto –dijo Matteo encogiéndose de hombros.

Skye agarró la caja pero no hizo ningún esfuerzo por sacar el anillo de dentro. Deslizó el dedo por el enorme diamante y recordó que su primera reacción había sido de sentimientos encontrados. Emoción, euforia y felicidad ante la idea de casarse con Matteo Vin Santo, a quien había amado prácticamente desde el momento que lo conoció. Pero también decepción porque él la considerara tan pretenciosa como para querer un anillo así. Al parecer el hecho de ser una heredera millonaria llevaba a la gente a creer que estaba acostumbrada a los objetos caros y solo valoraba las cosas que tenían un alto costo material.

Pero no era cierto. Skye siempre había huido de la ostentación y de las señales obvias de riqueza.

—No te gusta, ¿verdad? —le preguntó Matteo en voz baja observando cada matiz de su expresión.

Ella alzó la mirada.

—Es… ahora me parece como un poco como una pena de cárcel —dijo sacudiendo la cabeza—. Nada más.

—¿Y ahora quién miente? —preguntó él con tono suave dejando la conversación interrumpida cuando se acercó otro camarero.

—Buenas tardes, señora, señor… Oh, *scusa-mi dispiace!* Lo siento mucho, estoy interrumpiendo un momento especial…

—No pasa nada —se apresuró a tranquilizarle Skye.

—Ya me voy. Les dejo más tiempo.

Skye observó perpleja al hombre marcharse y luego volvió a centrar su atención en Matteo. No se había movido. Estaba completamente centrado en el rostro de Skye y la observaba atentamente.

—¿Por qué no me lo dijiste?

Ella sabía a qué se refería y no se molestó en fingir lo contrario.

—Tú lo elegiste —respondió encogiéndose de hombros. Levantó el anillo y lo sostuvo entre los dedos pulgar e índice–. Me encantaba solo por esa razón.

–¿Pero no es el que tú habrías escogido?

–Nunca habría querido escoger mi propio anillo –Skye le miró fijamente–. Mirando hacia atrás, era una prueba de lo poco que me conocías.

Matteo apretó los labios, estiró las manos por encima de la mesa, le quitó el anillo y se lo puso en el dedo.

–Llévalo hasta que encuentre un sustituto.

Skye sintió que se le agitaba la sangre. Un sustituto hablaba de permanencia. ¿Y mientras tanto?

Se quedó mirando el enorme diamante, un diamante que le había hecho compañía todo el tiempo que estuvo casada con Matteo, un diamante que pensó que llevaría para siempre, y sintió una punzada de deslealtad.

–Tal vez podamos convertirlo en un colgante. Si es una niña se lo podemos regalar cuando cumpla dieciséis años.

Los ojos de Matteo tenían un brillo que no supo entender.

–Sin duda. O podemos venderlo y comprarle a nuestro hijo su primer coche.

–Dios, esto está pasando de verdad, ¿no es así?

–Sí, *cara*. Así es.

–Pareces contento al respecto.

Matteo se encogió de hombros.

–El hecho de que no estuviera planeado no hace que lo reciba peor.

–Tú no querías niños.

–¿Por qué estás tan segura?

–Porque me lo dijiste.

Matteo frunció el ceño.

–Tienes veintidós años, Skye. No recuerdo qué hacía yo a esa edad, pero desde luego no estaba criando a un hijo.

–Estabas dirigiendo tu propio negocio –señaló ella–. De hecho lo llevas haciendo muchos años.

–Te acuerdas muy bien.

Skye se sonrojó. Por supuesto que se acordaba. Se acordaba de todo lo que decía Matteo como si grabara sus palabras a fuego en su alma, marcándola para siempre.

–O sea, que no estabas viviendo una vida irresponsable ni nada parecido. Estabas trabajando duro.

–Hacía las dos cosas –afirmó con seriedad–. Trabajaba duro. Jugaba duro.

Los celos la atravesaron y lo odió. Para empezar, ella era todavía una niña cuando él tenía veintidós años. No podía sentirse amenazada por el hecho de que Matteo hubiera tenido relaciones antes que ella.

El camarero apareció en silencio y detrás de él iba otro con un bandeja con copas de champán. Champán y una bandeja de comida.

–Un detalle de la casa –murmuró el camarero dejando la comida y la bebida sobre la mesa antes de desaparecer.

–Supongo que sería de mala educación decirle que no queremos champán, ¿verdad?

Matteo ignoró su pregunta.

–No pensé que tener hijos fuera lógico –se encogió de hombros–. Pero ahora no tengo que tomar esa decisión.

Ella apartó el rostro y se quedó mirando el Gran Canal y el bullicio de Venecia por la tarde.

Era una ciudad como ninguna otra.

Su carácter cambiaba completamente en función

del momento del día. Ahora, a primera hora de la tarde, la calle estaba plagada de turistas con gorras y cámaras que hablaban alto, se reían y comían mientras caminaban de regreso a la terminal de cruceros, listos para continuar su viaje por Europa. Al llegar la noche las calles se llenaban de venecianos que paseaban con elegancia y hablaban en voz baja con tono melodioso.

–Por supuesto, esto no es lo ideal –afirmó Skye–. Cuando fui a verte hablaba en serio. Sigo queriendo el divorcio, pero entiendo por qué quieres darle una oportunidad a esto –tragó saliva–. Así que creo que deberíamos intentarlo. Por el bien del bebé.

Los ojos de Matteo expresaron algo que le resultó extraño.

–¿Un matrimonio de verdad?

–No –Skye esbozó una sonrisa pensativa–. Nunca será eso. Los dos sabremos que será solo por nuestro hijo o hija. Pero dejaré de luchar contra esto. Intentaré hacerme una vida aquí. Una vida sin ti –aspiró con fuerza el aire y luego se giró para mirarle–. Pero si soy desgraciada me marcharé. Y confío en que en el fondo, debajo de tu forma de ser, despiadada y fría, hay un hombre bueno que se mostrará razonable y me tratará con respeto por el bien de nuestro hijo.

Skye alzó la barbilla en gesto desafiante y Matteo guardó silencio. La botella de champán estaba entre ellos, burlándose de la seriedad de su conversación con su espumoso entusiasmo.

–Qué pragmática –murmuró Matteo tras una larga pausa.

¿Eran imaginaciones de Skye o sus palabras estaban cargadas de emoción?

–Lo he aprendido de ti –le devolvió ella.

Matteo se quedó mirando el canal con expresión sombría.

¿Cómo iba a discutir aquella lógica tan aplastante? No podía. A pesar de todas sus bravuconadas, ¿de verdad esperaba que pudiera tener encerrada a Skye en su casa para siempre, que podría amenazarla con una batalla por la custodia y que ella entregaría su vida y su libertad en aras de un matrimonio que la hacía desgraciada?

No podría vencerla por el lado legal. Skye tenía recursos interminables y una gran reputación. Al contrario, atacarla en los tribunales resultaría perjudicial para él y aumentaría su reputación de hombre frío y despiadado.

–¿Matteo? Estás a miles de kilómetros de aquí.

Él parpadeó y volvió a centrar la atención en Skye, que se estaba llevando una cucharada del postre a la boca. Tenía los labios rosados y gruesos y aquello atrajo su atención como a la abeja una flor. El estómago le dio un vuelco. Un deseo incontenible se apoderó de él.

–Estaba pensando en el puente Rialto –dijo tras una breve pausa sacudiendo la cabeza–. Hizo falta mucho dinero para construirlo. Tuvieron que conseguir fondos de diferentes sitios, incluso celebraron una especie de lotería para recaudar dinero.

Skye ladeó la cabeza.

–No lo sabía.

–Estaba pensando que a veces vale la pena apostar por algo. A veces puede resultar en algo único y duradero –volvió a mirarla–. ¿No te lo parece?

Capítulo 8

S KYE se revolvió incómoda en el asiento, pero procuró que su marido no se diera cuenta. Pero Matteo lo captó y se inclinó hacia delante.

–¿Qué pasa?

–Nada –respondió ella forzando una sonrisa–. Es que he caminado demasiado hoy, eso es todo.

Aquel día y todos los días durante la última semana, porque habían instaurado la costumbre de pasear por Venecia cada mañana. Luego comían por ahí.

La conversación se limitaba a los temas habituales, como el tiempo o la actualidad política, nada sobre lo que no estuvieran de acuerdo. Nada que pudiera recordarle a Skye que en realidad eran enemigos bajo el romanticismo de Venecia y del hecho de que iban a ser padres.

Pero en el fondo sabía que estaban fingiendo otra vez. Al menos esta vez los dos conocían las normas.

Y Matteo parecía decidido a acatarlas. Tras la noche en la terraza no había vuelto a decir ni a hacer nada fuera de tono. Ni una palabra de seducción ni un amago de coqueteo. Había sido el caballero perfecto.

–¿Te duele algo?

–No, no –Skye se estremeció–. Bueno, un poco las lumbares, nada más. Al parecer va a ser algo habitual durante todo el embarazo.

–Hemos forzado un poco la máquina –sus palabras estaban cargada de autorreproche–. Lo siento.

–No es culpa tuya –Skye frunció el ceño–. Soy yo la que insiste en que salgamos.

Matteo mantuvo una expresión neutral, pero en sus ojos había un atisbo de algo que ella no terminaba de entender del todo.

–He sido un idiota al dejarte caminar tanto.

–¿Dejarme? –enfatizó Skye–. Por si no lo sabes, soy un ser humano autónomo. Y tengo esa cosa llamada voluntad propia.

Los ojos de Matteo volvieron a brillar con algo que ella no entendió y entonces él se puso de pie y rodeó la mesa, extendiéndole la mano.

–¿Qué ocurre? –preguntó Skye alzando las manos en las suyas. El diamante brillaba bajo la pálida luz de la estancia.

–Déjame ayudarte.

–Estoy bien –murmuró ella revelándose al instante contra cualquier ayuda que Matteo tuviera en mente.

–¿Qué te ocurre, Skye? ¿Te da miedo lo que pueda suceder si te toco?

Skye tragó saliva para pasar el nudo que se le había formado en la garganta y le sostuvo la mirada. Estaba aterrorizada.

De lo mucho que le deseaba. La semana que habían pasado caminando por toda Venecia, explorándola de nuevo, había sido como la luna de miel que nunca tuvieron. Fue la otra pieza del puzle. Tras la boda tuvieron sexo. Mucho sexo. Y Skye pensó que aquello era intimidad. Pero caminar al lado de Matteo sin tocarse, solo hablando, había sido distinto.

Había sido una forma de preliminares tortuosa, y sí, le daba miedo lo que podría ocurrir si Matteo la tocaba. Pero se quedó donde estaba de todas maneras sin parpadear, sin hacer nada para vencer aquel miedo.

–Túmbate –Matteo señaló con la cabeza los largos sofás que había frente a ellos.

Skye asintió y se movió por la estancia con elegancia innata.

–No tienes por qué hacer esto…

–Estás incómoda por mi hijo. Por supuesto que tengo que ayudarte. Es mi deber.

De nuevo, la palabra *deber* le provocó un dolor frío. Le sirvió como recordatorio del hecho de que veía aquello como una obligación. Una responsabilidad. Skye mantuvo el rostro apartado cuando se tumbó sobre el vientre y giró la cabeza para poder mirar las vistas. Solo podía ver las macetas de flores, una explosión de geranios bajo la pálida luz de la luna.

Sintió la manos de Matteo en la espalda moviéndose con suavidad.

Se puso de rodillas a su lado y le deslizó los dedos con la suficiente presión como para proporcionarle un alivio inmediato.

–¿Te puedo subir la camiseta? –le preguntó con tono grave.

Skye lo miró a los ojos.

–Sí.

Matteo le subió la tela despacio y ella contuvo el aliento. Fueron solo unos centímetros, lo suficiente para poder masajearle la piel desnuda. Pero era un contacto de piel con piel e hizo que el mundo se tambaleara.

Skye se mordió el labio inferior y cerró los ojos, rindiéndose a las sensaciones que la atravesaban.

–¿Qué es esto? –Matteo le deslizó un dedo por la piel, recorriendo una imperfección muy pálida en forma de semicírculo.

–Un mordisco de perro –murmuró Skye adormilada y relajada–. Cuando tenía doce años.

Matteo frunció el ceño, pero ella no lo vio.

–¿Solo te mordió aquí?

Ella contuvo un bostezo.

–Sí. Era un perro mayor que estaba un poco loco. Se asustó y yo estaba sentada en el suelo justo a su lado.

–No sabía que hubieras tenido perro.

–No era mío –murmuró Skye moviéndose un poco. Tenía la espalda mucho mejor, pero no se lo dijo a Matteo. Él seguía deslizándole las palmas por la piel y no quería que se detuviera nunca–. Era de mi tía abuela.

Las manos de Matteo se quedaron quietas durante un instante.

–¿La que te crio cuando tu padre murió?

–Sí –otro bostezo–. Vivía con siete perros. Al parecer tenía tendencia a llevarse a los perros callejeros a casa. Aunque yo fui la última.

–Tú no eras precisamente un perro callejero –señaló Matteo–. ¿Estás unida a ella?

–Murió hace tres años –dijo Skye con tono crispado.

–¿Y estabas unida a ella antes de que muriera? –insistió él.

Skye ordenó las palabras en su cabeza intentando encontrarles sentido.

–Ella me crio –dijo tras una larga pausa–. Le estoy muy agradecida.

Pero Matteo no se dejó engañar por la selección de

palabras. Le estaba ocultando algo, y eso le intrigaba. Más de lo que debería, dada su relación. O su falta de ella. ¿Qué esperaba? ¿Que de pronto se abriera y le confiara sus más profundos y oscuros secretos?

Desde luego que ahora no lo haría. Pero ¿por qué no habían hablado de esto antes, cuando se casaron? ¿Por qué no le había hecho más preguntas?

Porque no había querido saber.

Skye no fue más que un medio para conseguir un fin, no una persona con sus propias ideas, sentimientos, historia y tristeza.

Aquella certeza no era nueva, pero se le asentó extrañamente en el pecho como una acusación rodeada de pichos. La había mirado y solo vio el hotel.

Bajó los ojos y una sonrisa tensa le asomó a los labios al ver que su esposa se había dormido. Con el pelo negro, las mejillas sonrojadas y los labios rojos en forma de corazón parecía su propia Blancanieves. Pero él no era el príncipe azul. El príncipe azul nunca se habría casado con ella por un hotel. Para vengar un robo sucedido muchos años antes. Ni la hubiera chantajeado para que siguiera casada con él.

La sonrisa se le borró cuando la levantó suavemente, como si no pesara nada, y la acunó contra su pecho.

Ella se revolvió un poco, pero al instante se relajó con una sonrisa en la cara.

Matteo levantó la vista y miró hacia adelante mientras la llevaba por la casa escaleras arriba, a la soledad de su dormitorio.

Skye soñó con Matteo. Con la noche en la que se conocieron, la noche que se enamoró. Soñó con la conversación que tuvieron. Las palabras que le había dicho y que le parecieron oro.

«–No creo en cuentos de hadas –aseguró ella al día siguiente de haberse conocido, cuando el espejismo se cernía sobre el horizonte. No se había atrevido a agarrarlo.

–¿Aunque estés viviendo uno? –la presionó él besándola en la mejilla.

El estómago se le puso del revés y el corazón le latió con fuerza.

–Eso no existe –había aprendido aquella lección años atrás. Su madre la había abandonado. Su padre nunca se había molestado en intentar conocerla. Su tía abuela había evitado el afecto como si fuera una señal de debilidad personal preocuparse por otro ser humano. El internado había sido más una prisión que el colegio de Harry Potter.

–Solo existe la vida real.

–Pero a veces la vida real puede ser tan perfecta como un cuento de hadas, ¿no?»

Soñó con su primer beso, cuando se le declaró, la boda, su primera vez. Todas las veces que estuvieron juntos después. El cuento de hadas que creía estar viviendo. Un cuento de hadas que había sido una pesadilla en todos los sentidos menos en uno. Matteo la había traicionado y le había roto el corazón, pero su cuerpo llamaba al suyo. Nada podía cambiar eso.

Skye gimió en la cama y arqueó la espalda, y sintió el fantasma de sus manos sobre ella. Una caricia fantasma que suponía un tormento porque no era real. Estiró las manos buscándole instintivamente pero no lo encontró. Lo buscó y no conectó con su piel.

La sensación de pérdida fue instantánea y dolorosa. Skye se puso de pie en piloto automático, todavía adormilada. Se movió por la casa sin saber qué hora era, podía ser medianoche o el amanecer. Daba igual.

Pensó en llamar a la puerta de Matteo, pero no lo hizo. La abrió y se quedó en el umbral.

No existían los cuentos de hadas. Estaba en lo cierto. Esto no lo era. Pero se trataba de su marido, y en aquel momento lo necesitaba con una ferocidad que no podía calmar. Estaba dormido en la cama. Avanzó de puntillas y puso los ojos en blanco.

¿Acaso tenía miedo de despertarle? ¿No era esa la idea?

Pero se acercó en silencio a la cama y se detuvo un instante para observarle.

Era un espécimen masculino espectacular, pero así dormido también podía sentir sus vulnerabilidades. Podía ver al hombre que era y al niño que había sido. Podía ver todas las partes de él y el corazón le dio un vuelco al darse cuenta de que amaba todas aquellas partes. Su arrogancia. Su determinación. Incluso su crueldad. Porque todos aquellos aspectos formaban parte de él.

Se movió en silencio pero rápido, quitándose la ropa, pensando que debería haberlo hecho antes de ir a su habitación. Luego apartó la sábana y se colocó encima de él a horcajadas, besándole en la boca. Matteo emitió un suave gemido gutural y luego alzó las manos para sostenerle el rostro de modo que sus ojos se clavaron en los suyos. La habitación estaba a oscuras, pero había suficiente luz de luna como para que pudieran verse. Matteo se la quedó mirando fijamente.

—Te deseo —se limitó a decir ella.

Y Matteo gimió una vez más, dejando caer las manos a sus caderas y colocándola de modo que pudiera deslizarse en su virilidad y tomarle profundamente.

Skye inclinó la cabeza hacia atrás al experimentar aquella sensación tan familiar y tan perfecta. Tenía el cuerpo en llamas. Todas sus terminaciones nerviosas bailaban dentro de ella, estremeciéndose por su contacto. Se inclinó hacia delante y le puso la boca en la suya, besándole con avidez mientras se movía en su interior. Giró las caderas con ritmo desesperado y rápido, con deseo insaciable, y él se rio suavemente asintiendo contra su cabeza.

–Lo sé.

Matteo la agarró de la cintura y la movió con facilidad, separando sus cuerpos. Y aunque fue una breve separación, a Skye le bastó para soltar un sonido de queja que le hizo reír una vez más suavemente, un sonido corto que la llenó de impaciencia. Pero entonces regresó y entró en ella con más profundidad, tomando el control del cuerpo de Skye con el suyo y dominando su deseo, construyéndolo, haciéndola temblar y retorcerse debajo de él mientras el placer se iba haciendo más fuerte, estirándose como una bobina.

Skye gritó cuando alcanzó el clímax. Le clavó las uñas en los hombros y se agarró a ellos como si le fuera la vida, confiando en que podría salvarla. La galaxia la rodeaba, cósmica y bella, y Skye la atravesaba volando.

Matteo bajó la boca y le tomó un seno con ella, deslizando la lengua por el pezón mientras le buscaba el otro con los dedos, atormentándola. Sus senos se morían por él y Matteo lo sabía. La penetró más profundamente y ella gimió. Fue un sollozo de alivio. De alegría. De gratitud.

Y también de miedo.

¿Qué esperanza tenía de controlar sus emociones si tenía que lidiar con esto? Daba igual que lo llamara «tener sexo», «dormir juntos» o «hacer el amor». Lo podía llamar como quisiera.

Estaba haciendo el amor. Cada caricia, cada movimiento, cada sensación la ataba al sentimiento y nunca se liberaría de ello.

—Te amaba muchísimo —no eran exactamente las palabras que quería decir, pero eran un reflejo de lo que estaba pensando, sintiendo, y necesitaba que Matteo lo supiera.

Se fue construyendo otra explosión que le empezó en el abdomen y se fue extendiendo hacia los rincones más lejanos de su cuerpo. Sintió un escalofrío en las yemas de los dedos y alcanzó el éxtasis con gran placer.

Matteo la besó más apasionadamente y se unió a ella, el arrebato se apoderó de los dos, envolviéndolos con la misma sensación de urgencia y de alivio eufórico. Respiraban al unísono.

Matteo la apartó un poco y la observó.

—Esto ha sido una agradable sorpresa —murmuró minutos más tarde, cuando recuperaron el aliento y la habitación recobró una cierta sensación de normalidad.

Skye no dijo nada. Era una mezcla de sentimientos que habían pasado del placer a la desesperación en cuestión de segundos. El mismo deseo que era bonito e hipnotizador también era una trampa. Un tormento. Le miró y luego giró la cara.

—¿Estás bien? —la preguntó con tanta ternura que el corazón se le partió.

—Ahora sí —afirmó ella con seguridad.

Matteo la estrechó contra su pecho en un gesto de intimidad que ni siquiera había tenido durante su matrimonio. Skye se dejó abrazar con la mirada clavada en el papel de la pared y el corazón rompiéndosele mientras sentía los latidos del de Matteo.

El problema de lo que acababan de hacer era que todo parecía perfecto. En contraste con la realidad de su situación, cuando estaba entre sus brazos, cuando su cuerpo estaba hundido en el suyo, podía llegar a creer que estaban de verdad en un cuento de hadas.

El final, la inevitable certeza de que no era perfecto, era como si la arrojaran en medio de una zona de guerra. Recordar que hacía solo una semana y media había irrumpido en su despacho pidiéndole el divorcio, un divorcio al que Matteo había accedido, era como recibir una ducha de agua fría.

Cuando el sueño se apoderó de él, Skye se apartó de su calor y se movió al extremo opuesto de la cama, colocándose de costado para verle dormir. Tenía la respiración pausada y una expresión relajada. No estaba atormentado por la aridez emocional de su matrimonio. A él no le importaba. No quería nada de ella, nada excepto el hotel. Y ahora el bebé.

Y sí, el sexo. Aquello era su matrimonio para Matteo.

Tenía que encontrar la manera de recordarlo. Y entonces todo estaría bien.

–Anoche tuve un sueño increíble –murmuró Matteo con voz ronca desde el otro lado de la mesa en la que estaban desayunando.

–Creo que yo tuve el mismo –respondió ella sin mirarle. Le resultaba más fácil jugar con ligereza y estar relajada si no le miraba.

Volvió a centrar la atención en el periódico y pasó

las hojas sin ver nada realmente. Le dio un sorbo a la taza de café y volvió a dejarla con cuidado sobre la mesa. Matteo extendió la mano para tomarle la suya y el pulso se le aceleró un poco.

—¿Por qué te fuiste anoche?

Skye siguió sin mirarle.

—¿Se suponía que tenía que quedarme?

—Era tarde. Seguramente estarías cansada.

Ella le miró un instante y le sostuvo la mirada antes de volver a bajarla mientras pasaba una página.

—Duermo mejor en mi propia cama.

—Antes no tenías ningún problema para compartir mi habitación…

Skye tragó saliva. Al parecer no iba a dejar el tema. Se obligó a mirarlo a los ojos y abandonó la farsa. Tenía una expresión adusta.

—No quiero hacerlo.

Los ojos de Matteo le escudriñaron el rostro.

—¿No quieres dormir en mi cama, pero sí quieres venir a mi habitación cuando tienes ganas de sexo en mitad de la noche?

Ella asintió despacio.

—Sí.

Matteo sacudió la cabeza.

—Mmm… pero si yo me despierto y te deseo no estás al alcance.

—¿Y no puedes recorrer el pasillo como hice yo?

—Ah —él frunció el ceño—. Tu iniciativa es siempre bienvenida. No puedo estar seguro de que vaya a pasar lo mismo con las mías.

A Skye se le sonrojaron las mejillas.

—Pensé que querías que te suplicara —le recordó. Y tuvo la satisfacción de ver cómo se le oscurecía la mirada.

–No se me ha dado muy bien esa parte, ¿verdad?

Skye arqueó una ceja.

–¿Estás buscando un cumplido?

–No –respondió él muy serio–. Me alegro de que vinieras a mí anoche, Skye.

Ella sintió un nudo en la garganta y apartó la mirada. Tenía los ojos sospechosamente húmedos. Malditas hormonas del embarazo.

–Fue el masaje –respondió encogiéndose de hombros.

–Entonces te daré más masajes.

Skye se giró hacia él justo a tiempo para verle guiñar un ojo. Sintió una opresión en el pecho, como si tuviera un bloque de cemento dentro.

–Pero hoy eres mi prisionera en otros sentidos.

Ella le miró con expresión de curiosidad.

–Hoy vas a descansar. Relájate y dime qué necesitas. Te traeré todo lo que tu corazón desee.

Skye asintió con la cabeza, pero en el fondo sabía que nunca podría hacerlo. Lo que su corazón realmente deseaba no se lo podía ofrecer Matteo Vin Santo, ni ahora ni nunca.

Capítulo 9

SKYE sacó el vestido de la percha y lo añadió a la colección que estaba reuniendo en un extremo del probador. Se detuvo un instante y observó su reflejo en el espejo. Su vientre, habitualmente plano, estaba más abultado por el centro. Todavía no redondo, pero… diferente.

Los senos también le habían cambiado. Ya no eran tan pequeños, y el sujetador había empezado a apretarle. Era suficiente para hacerle sentirse incómoda con su guardarropa habitual. Deslizó las manos por su cuerpo y aspiró con fuerza el aire como si pudiera escuchar la pequeña vida creciendo dentro de ella si prestaba la suficiente atención.

Aquello estaba sucediendo de verdad.

Skye tenía una sonrisa radiante. Vio la alegría de su rostro y el corazón le dio un vuelco.

«Ten cuidado, Skye. No olvides que esto no es perfecto. No es un cuento de hadas».

Pero lo del bebé lo parecía. Nunca había conocido el auténtico amor en toda su vida. Pensó que lo había encontrado con Matteo, pero se equivocó.

Sin embargo, el bebé la querría y ella a él. Con todo su corazón. No permitiría que se sintiera nunca solo o asustado.

Se puso la ropa que había elegido al hombro y salió del probador.

Matteo estaba esperando en el interior de la boutique y destacaba en medio de todo con su traje oscuro. Pero tenía algo en las manos. Cuando Skye se acercó sintió que el corazón le latía con fuerza contra el pecho. Era un juguete blandito. Un juguete para su hijo.

–Pensé que necesitaría algo –dijo con una sonrisa encogiéndose de hombros.

Skye sonrió también, pero se dio la vuelta rápidamente porque volvía a sentir el ya habitual picor en los ojos amenazando. Dejó los vestidos sobre el mostrador.

–¿Todo esto? –preguntó la dependienta.

–Y el juguete –asintió Skye. Esperó a que la joven guardara la ropa en bolsas y luego Matteo le tendió su tarjeta de crédito, algo que sorprendió y molestó a Skye.

–¿Ahora me vas a comprar la ropa? –le preguntó cuando salieron de la boutique.

–Necesitas ropa nueva a causa de mi bebé –su respuesta tenía una lógica irritante.

–También es mi bebé.

–Sí, *cara*. Soy consciente de ello. Pero me ayuda a sentirme… parte –reconoció Matteo encogiéndose de hombros y un grado de sinceridad que le provocó un nudo en el estómago.

–¿No te sientes parte?

–No, quiero decir que el bebé crece dentro de ti y por ahora tú haces todo el trabajo. Yo quiero hacer algo también.

Skye nunca habría pensado que pudiera sentirse así. Le miró de reojo y luego otra vez hacia delante mientras caminaban por la concurrida calle rodeados de turistas.

–No hemos hablado de su habitación –dijo pensativa–. Eso es algo con lo que podrías ayudar.

El rostro de Matteo se iluminó.

–¿Por qué no se me había ocurrido?

Skye soltó una carcajada.

–Oh-oh. ¿Por qué tengo la impresión de que acabo de hacer una sugerencia muy peligrosa?

–¿Crees que tres habitaciones serán suficientes?

Ella sacudió la cabeza.

–Con una basta. Y cerca de la mía.

–De la nuestra –dijo él suavemente tomándole la mano–. Me gustaría que volvieras a estar en mi habitación, Skye.

El peligro se ocultaba en aquella frase. Skye sabía que nunca podría volver a conceder aquella intimidad.

–Entonces los dos nos estaremos levantando a todas horas. Es mejor habitaciones separadas –trató de decirlo con la mayor naturalidad posible para que Matteo no supiera cómo se le había acelerado el corazón ante la idea de volver a rendirse a su matrimonio una vez más.

–Necesitaremos una habitación para la niñera –murmuró Matteo, cuya mente al parecer corría a mil por hora pensando en su hijo.

–Un momento –Skye levantó una mano y se giró para mirarle–. ¿Cómo que una niñera?

–¿Crees que vamos a necesitar dos? ¿Una para el día y otra para la noche? ¿Cómo va esto?

–No, no, no. Nada de niñera.

La expresión de Matteo mostraba confusión.

–No tienes por qué hacer esto sin ayuda, Skye.

–¿Crees que no puedo hacerlo?

Él exhaló un suspiro.

–No es eso lo que quiero decir.

–Porque voy a ser una madre estupenda –se quedó paralizada–. ¿No?

Se sintió de pronto mareada. Tenía frío y calor. Se apartó de él y se apoyó en el muro de un edificio. El pánico se apoderó de ella.

–Oh, Dios. ¿Y si no lo soy? –le miró con ojos muy abiertos.

–Vas a ser una madre excelente –aseguró Matteo acercándose más.

–Pero eso no lo sabes. Yo no lo sé. Yo… ni siquiera conocí a mi madre. Tuve una sucesión de madrastras y no me sentí unida a ninguna de ellas. No tengo ni idea de lo que es ser madre. ¿Y si soy terrible? ¿Y si grito? ¿Y si soy impaciente? Oh, Dios, Matteo, esto no se me va a dar bien.

El rostro de Matteo expresaba confusión y también una cierta burla que le molestó profundamente.

–No tiene gracia –gimió–. Estaba tan concentrada en lo mucho que voy a querer a este bebé que nunca se me ocurrió pensar si sería o no capaz de darle lo que necesita. ¿Y si no puedo?

–Skye…

–No tengo ni idea de a qué hora tienen que irse a dormir los bebés. O los niños. ¿Y cuando sea mayor y quiera ver una película de miedo?

–Skye…

–¿Y la comida?¿Qué comen los bebés? ¿Y si enveneno a nuestro hijo? ¿Y si lo ahogo?

–¿Cómo vas a ahogarlo? –Matteo contuvo una carcajada.

–¡No lo sé! Dándole un caramelo cuando tenga dos meses, ¡yo qué sé!

Matteo posó la boca sobre la suya y acalló sus palabras de pánico. Fue un beso tranquilizador, un beso de amabilidad. La besó y ella respondió, apoyando su cuerpo contra el suyo y deslizándole los dedos por la camisa. Las piernas de Matteo, fuertes y firmes, estaban a cada lado de su cuerpo, aprisionándola contra el muro.

–Vamos a necesitar una niñera –le dijo ella en la boca absolutamente convencida ahora de que no quería hacer aquello sola.

–No –Matteo sacudió la cabeza–. Estaba equivocado. Podemos conseguir una más adelante si lo consideras necesario. Si quieres más libertad. O si el bebé no duerme bien y necesitas descansar. Pero yo estaré ahí. Estaré tomándote la mano como tú tomarás la mía. Este niño no es solo tuyo, no eres la única responsable. Yo también lo soy. Estamos en esto juntos.

Skye se sintió algo más tranquila, pero no convencida del todo. Asintió con la cabeza.

–Tal vez deberíamos ponernos en contacto con unas cuantas agencias. Por si acaso.

–Como tú quieras –Matteo se encogió de hombros–. Vas a ser una madre maravillosa, Skye. Ya estás completamente entregada a nuestro bebé. Eso es lo más importante con diferencia –le escudriñó el rostro con la mirada–. Siento que nunca sintieras eso de tu propia madre.

Aquellas palabras lo significaron todo para Skye. No sabía si tenía razón o no, pero contar con su apoyo era muy importante.

–¿Y si no lo soy?

–Lo serás.

Su seguridad provocó algo extraño en el interior de Skye. Ató unos nudos alrededor de su corazón, unos nudos que hacían que todo pareciera estar bien. Y había un peligro en aquella seguridad porque se parecía mucho a la felicidad que había sentido con anterioridad. La felicidad que le había llenado el corazón

y le había hecho creer que su matrimonio era todo lo
que siempre había deseado.

Que Matteo era la respuesta a preguntas que ni siquiera sabía que tenía. Sonrió con cautela. Asintió lentamente, estableciendo una distancia mental necesaria
entre ellos. Su pasado se presentaba frente a ella…
arenas movedizas que podrían devorarla en cualquier
momento si no tenía cuidado.

–Matteo –se apartó del muro y volvió a caminar una
vez más. Despacio. Concentrada–. Háblame de nuestras familias.

No le miró, así que no vio que tenía la expresión
tensa. Que los labios se le curvaban hacia abajo por
los recuerdos amargos.

–¿Qué quieres saber?

Skye apretó con más fuerza la bolsa que llevaba en
la mano.

–No sé. Supongo que todo. El abogado de mi padre no tenía todos los detalles.

–¿Qué te contó?

–Solo que tu madre estuvo prometida a mi padre.
Que luego conoció al tuyo y fue… amor a primera
vista. Que huyó con él en mitad de la noche –Skye se
encogió de hombros.

–Sí –Matteo asintió–. Tu padre era joven y arrogante. No pudo aceptar que tu madre hubiera prefe-
rido a mi padre. Así que convirtió su vida en un infierno.

–¿En qué sentido? –Skye pensó en su padre y frunció el ceño al darse cuenta de que apenas podía recordar su rostro.

–Se mudó a Italia y aparecía allí donde iban mis
padres. Cuando mi madre se quedó embarazada de mí
y tu padre empezó a aceptar que había terminado, se

centró en los negocios. Fueron tiempos muy duros para mi abuelo, se había expandido demasiado rápido y el mercado global se vino abajo. Era vulnerable y tu padre se aprovechó de ello.

–¿Cómo? –insistió ella.

–Compró a los competidores de mi abuelo y luego llevó el negocio de mi abuelo a la ruina. *Nonno* se endeudó hasta las cejas para intentar levantar sus intereses, pero no fue suficiente. A la larga tuvo que vender casi todo.

–Incluido el hotel –murmuró Skye.

–Tu padre no quería los negocios de mi abuelo –afirmó Matteo con tono grave–. Solo quería destruirlos. Agarrar algo bueno y fuerte y arruinarlo solo porque podía.

A Skye le brillaron los ojos con vergüenza ante la descripción de los actos de su padre. Actos que la hacían desear que Matteo estuviera equivocado. Pero sabía que no lo estaba. Qué extraño confiar en él en aquel asunto cuando había demostrado tanta falsedad.

Matteo se la quedó mirando durante un largo instante antes de seguir adelante con la conversación.

–La bancarrota acabó con él. Por aquel tiempo yo me fui a vivir a su casa. Vi cómo un hombre inteligente y orgulloso que había trabajado duro toda su vida quedaba destruido por las acciones de tu padre.

El odio de sus palabras le heló el corazón. Pero, ¿qué podía decir para refutarlas?

–Mi padre solía hablar de una mujer a la que amó. Supongo que era tu madre. Creo que perderla lo destruyó del mismo modo que a tu abuelo la pérdida de sus negocios…

–No –la interrumpió Matteo con determinación–. No puedes compararlo. Mis padres se enamoraron. Lo que hicieron no tuvo nada de malicioso. Tu padre se pasó una década destruyendo la fortuna de mi familia. Era su única misión. Solo estaba motivado por la venganza y el odio.

–¿Esto no es un poco como el dicho de la sartén y el cazo? –murmuró ella.

La agradable atmósfera de unos instantes atrás se había vuelto incómoda y oscura. Skye sentía la animadversión de su pasado, la tensión que la había asaltado en los primeros días de su segundo intento de matrimonio. Y había vuelto cargada de venganza. Skye se detuvo y miró en ambas direcciones de la calle.

–Estoy un poco cansada –dijo. Y era en parte verdad.

Matteo la observó como si quisiera arrancarle la verdad de su expresión.

–Skye –levantó una mano para tocarle la mejilla con expresión confundida–. Lo que pasó entre ellos no tiene que ver con nosotros.

–¿Cómo puedes decir eso? –sus palabras estaban cargadas de emoción–. Todo lo que somos es por ellos. Todo.

No lloraría. No iba a llorar. Pero se llevó la mano al vientre y lo presionó ligeramente.

–Este bebé se merece algo mejor que nacer en medio de tanto odio.

–Aquí no hay ningún odio.

–Sí que lo hay –Skye clavó los ojos en los suyos–. Mi padre odiaba a tu padre. Tu abuelo odiaba a mi padre. Tú odiabas a mi padre. Todo el mundo odiaba a todo el mundo.

–Yo no te odio a ti –se limitó a murmurar él–. Ni tú me odias a mí.

Ella apartó la vista. Era verdad. No le odiaba. No sabía qué sentía por él.

–Odio lo que hiciste –afirmó con rotundidad–. Odio lo que me robaste. Odio que…

Cerró los ojos, incapaz de acabar la frase.

–Adelante –la incitó Matteo.

–Ojalá tuviera este hijo con alguien que no fueras tú –dijo ella finalmente.

Matteo guardó silencio y se la quedó mirando durante un largo instante. El color se le borró de las mejillas.

–Este matrimonio es una locura –susurró.

Los ojos de Matteo echaron chispas y apretó las mandíbulas.

–Tal vez. Pero estamos casados, Skye. Y no tengo intención de dejarte ir –le tomó la mano y se la llevó a los labios–. Vamos. Te llevaré a casa. Has dicho que estabas cansada.

–Sí –murmuró ella–. Muy bien. Vamos a casa.

Matteo se quedó mirando al canal sin verlo. La luna quedaba tapada por gruesas nubes de plata y la ciudad estaba casi completamente a oscuras. Solo la lejana luz de los cruceros ofrecía una tregua a la negrura de la noche.

Skye estaba dormida arriba, y Matteo se quedó donde estaba mirando por la ventana como si las respuestas pudieran llegarle directamente.

Skye era desgraciada y él tenía la culpa de todo. ¿Por qué no le contó lo del hotel en su momento? En cuanto hicieron el amor supo que ella haría casi cualquier cosa que le pidiera. ¿En qué momento recogió el guante de aquella enemistad como si su vida dependiera de ello? ¿No se habían hecho ya demasiados sacrificios en nombre de aquel propósito absurdo? Su abuelo se quedó roto por la venganza de otro hombre.

Y ahora Matteo estaba destrozando a Skye. Le vino a la cabeza su rostro tal y como estaba aquella tarde y sintió una punzada implacable de culpabilidad en el pecho. Tenía un aspecto…

¿Triste? ¿Decepcionada?¿Enfadada? ¿Desconsolada? Todo lo anterior y algo más. Algo que no podía definir que se asentó profundamente en él como una acusación.

Querer a Maria le había resultado fácil. Encajaban bien juntos. Era una actriz glamorosa, aunque no muy buena, y tenía unas piernas interminables. Le gustaba la joyería cara y las vacaciones de seis estrellas, y Matteo le daba todo aquello encantado.

Nunca se le pasó por la cabeza que lo estuviera utilizando por su estatus social hasta que se acostó con un duque sueco. Aquello le rompió el corazón. Sintió el mismo dolor que ahora reconocía con tanta claridad en las facciones de Skye.

Él le había roto el corazón. Skye había sido un fin para alcanzar un medio, un peón en su lucha por devolver el Grande Fortuna a su legítimo dueño. Nunca pensó más allá de los pasos que necesitaba dar para recuperar la propiedad. Casarse con Skye, ganarse su confianza, llevarse lo que quería. ¿Y ella?

¿Había pensado alguna vez en cómo podría afectarle sus actos, o sencillamente no le importaba porque era la hija de la única persona que había odiado en su vida? ¿Había proyectado su odio hacia Carey Johnson en Skye, disfrutando casi de saber que la estaba utilizando?

Exhaló un suspiro enfadado y se puso de pie, avanzando hacia las puertas abierta del balcón para aspirar el inconfundible olor del aire de Venecia. Se agarró con fuerza a la barandilla.

Solo había algo en medio de todo aquello que tenía sentido. Había una manera en la que podía calmar el dolor de Skye… y mitigar el suyo propio. Había una cosa que podía recordarle y que podía traer felicidad para ambos.

Regresó a la villa con expresión decidida en el rostro y caminó despacio pero con determinación al dormitorio de Skye.

Era su mujer. Y cuando la tenía entre sus brazos lo demás parecía no importar lo más mínimo.

Capítulo 10

FUE EL despacho del abogado, justo al lado del médico, lo que le hizo pensar en ello. Skye se quedó mirando su brocheta sin hacer amago de probarla.

–Matteo.

Al parecer él no sufría de falta de apetito. Skye vio cómo se llevaba unos cuantos espaguetis a la boca y lo saboreaba con obvio placer.

–¿No crees que deberíamos hablar con un abogado?

Él se quedó paralizado y la miró a los ojos.

–¿Qué?

–Las cosas entre nosotros son muy complicadas –afirmó Skye frunciendo el ceño y sintió una punzada de ansiedad. Todavía estaba embarazada de muy poco, pero antes de que se dieran cuenta serían padres–. ¿No crees que deberíamos firmar algunos acuerdos antes de vernos envueltos en todo ese rollo de «ser una familia»?

–¿Qué clase de acuerdos? –ni su voz ni su expresión dejaban entrever nada.

–Oh, todo –Skye se arregló el flequillo para que no se le metiera en los ojos–. Supongo que un acuerdo prenupcial adecuado.

Matteo volvió a llevarse a la boca otra generosa porción de espaguetis.

–Estamos casados. No tendría sentido hacer ahora un acuerdo prenupcial.

Skye asintió lentamente, pero no cambió de pensamiento.

–Creo que necesitamos ser prácticos –tragó saliva–. ¿Te acuerdas de lo que dijiste?

Matteo torció el gesto.

–¿Cuándo?

–Me dijiste que nunca me habías mentido –ella se quedó mirando el plato–. Y lo hiciste. Al menos por omisión. Sabías lo que yo sentía y lo que creía que sentías tú, y no me dijiste la verdad sobre nada de esto. Pero nunca dijiste que me amabas. No me amas.

Hizo una pausa lo suficientemente larga para que él interviniera. Para que dijera algo que pudiera calmar el dolor de su roto corazón.

Pero no lo hizo.

Skye tragó saliva y continuó.

–Y yo no te amo –las palabras le supieron amargas en la boca–. Necesitamos recordarlo. Cuando nazca el bebé y lo queramos más allá de los confines de la tierra, no quiero cometer el error de sentir que esto es una relación de verdad.

–Es una relación de verdad –afirmó Matteo con exasperación–. Eres mi mujer en todos los sentidos.

–No –aseguró Skye mirándole con los ojos muy abiertos–. Y no es culpa tuya no darte cuenta de ello. Tú y yo tenemos ideas diferentes de lo que es el matrimonio, eso es todo –sonrió con tristeza–. En realidad resulta irónico, dado que fuiste tú quien me enseñó a creer en los cuentos de hadas. Tal vez tú creas porque esperas muy poco de ellos.

Matteo entornó la mirada.

–Lo quiero todo. Quiero amor, felicidad y un encuentro auténtico de mentes. Nosotros nunca seremos eso –Skye dejó escapar un suspiro suave–. Pero ambos queremos a este bebé, así que lo criaremos juntos. Pero creo que es importante que no perdamos de vista la realidad de lo que somos.

–¿Y qué somos, *bella*?

–Bueno… –Skye puso un dedo en la mesa e inclinó la cabeza a un lado como si estuviera considerando cuidadosamente sus palabras–, somos dos personas que vamos a tener un hijo. Y que nos acostamos juntos.

–Ah, bien. Me alegro de que eso forme parte de tu contrato –parpadeó él.

A Skye le molestó que se lo tomara a la ligera.

–Hablo en serio, Matteo –dio un golpecito con el dedo–. Los dos tenemos un patrimonio considerable. Creo que deberíamos poner todo en orden. Y también creo que deberíamos hacer el borrador de un acuerdo de custodia. Solo por si acaso.

–Diablos, Skye. ¿un acuerdo de custodia? ¿Vas a tener un hijo mío y ya estás pensando en divorciarte?

–No necesariamente –respondió ella con suavidad–. Pero si resulta que esto es imposible, no quiero pasar por todo eso luego. Creo que podríamos hacer un plan razonable ahora sabiendo que hay muchas posibilidades de que esto no funcione. Creo que deberíamos ponernos de acuerdo ahora, cuando todavía… nos llevamos lo bastante bien como para ser justos.

Matteo sacudió la cabeza.

–No.

–Tiene sentido –Skye se inclinó hacia delante–. Y lo sabes. Estás pensando con el corazón, no con la cabeza.

–Creí que yo no tenía corazón.

–Lo tienes en lo que se refiere a nuestro hijo. Y a tu abuelo.

«Solo es a mí a quien no quieres», pensó con amargura agarrando el vaso de agua mineral para darle un sorbo a su boca seca.

–Tú mismo me dijiste que lucharías por este niño. Que no te detendrías ante nada para poder criarlo. Bueno, pues no quiero luchar contigo luego.

–¿Prefieres luchar conmigo ahora?

Skye apretó un músculo de la mandíbula.

–Prefiero no luchar contigo en absoluto. Que vayamos a criar un hijo juntos no es lo ideal, pero creo que podemos conseguir que funcione siempre y cuando seamos razonables. Yo estoy preparada para ser razonable.

–¿En qué sentido? –le espetó él con las mejillas algo sonrojadas.

Fascinada por verlo tan enfadado, Skye continuó.

–Bueno, me quedaré en Venecia. Cerca de ti. Mis intereses empresariales están bien vigilados. No necesito estar en Londres. Y puedo acercarme hasta allí cuando me necesiten –al ver que Matteo guardaba silencio, Skye continuó–. Pero no creo que debamos tener la custodia compartida. Creo que el bebé debería tener un hogar, una casa en la que pasar la mayor parte del tiempo.

–Estoy completamente de acuerdo.

–Y esa debería ser la casa de su madre. Conmigo.

–Ah –él sacudió la cabeza–. No. Mi hijo se criará en mi casa.

–Maldita sea, Matteo –Skye se inclinó hacia delante– No estoy diciendo que vayamos a divorciarnos. Solo digo que deberíamos tener un plan preparado por si acaso.

–Y yo estoy diciendo que no estoy dispuesto a ha-

blar de ello –afirmó–. Ni ahora ni nunca. Eres mi mujer. Este es mi hijo. Somos una familia.

Skye se quedó paralizada y palideció considerablemente.

¿Una familia?

Durante toda su vida era lo único que había deseado, y no esperaba que fuera así. Cerró los ojos.

–No somos una familia. Solo somos dos personas lo bastante tontas como para engendrar un hijo cuando no deberían –apartó el plato–. No tengo hambre.

–Eh, eh –Matteo la agarró de la mano. Su sorpresa era obvia, y la de Skye también. No tenía muy claro de dónde venían aquellos sentimientos, pero eran fuertes y reales–. Esto es una buena noticia. Los dos queremos este hijo, ¿verdad?

Ella asintió, pero sentía el corazón pesado. Sí, deseaba aquel bebé, pero no así. Era muy distinto a cómo había imaginado que sería. Apartó la mano de la suya y la dejó sobre el regazo.

–Pero querer al bebé no es lo mismo que ser una familia. No somos una familia. Ni siquiera somos una pareja de verdad –Skye tragó saliva–. Los dos debemos recordarlo.

Matteo se la quedó mirando un largo instante con expresión inescrutable. Sintió una punzada de pérdida atravesándole, pero, ¿qué podía decir? ¿Cómo iba a refutar sus palabras? Cuando Skye fue a Venecia accedió a divorciarse de ella. ¿Estaba realmente preparado para dejarla ir, para no volver a verla jamás?

La idea se le clavó como una espada, pero no había nada que pudiera decirle a ella. El consuelo que quería ofrecerle estaba profundamente enterrado dentro de él. La cama era el único lugar donde las cosas tenían sentido. Donde podía hacerle entender.

A menos que…

La idea le surgió de la nada, pero le resultó perfecta.

–Hay algo que me gustaría que vieras, Skye.

Hasta que no subieron al avión rumbo a Roma, Skye no entendió dónde la llevaba y qué quería que viera.

El hotel.

Al principio había tenido una pizca de ansiedad, pero ahora se veía abrumada por una sensación de fascinación. Después de todo, aquel era el edificio que había formado las líneas de batalla entre su marido y su padre.

Y era un edificio precioso. O al menos debió serlo. Ahora se encontraba en un estado de completo abandono. El antaño gran vestíbulo estaba en tan mal estado que ni los techos altos ni los suelos de mármol podían contrarrestar el efecto. Las palomas se habían hecho fuertes en la parte superior y había latas de cerveza y refresco vacías tiradas al lado de la puerta.

Matteo se giró para mirar a Skye y alzó una ceja.

–Tu padre nunca se molestó en cambiar las cerraduras.

Era una acusación, como si lo que tenían delante fuera la prueba de que a Carey no le había importado lo más mínimo el edificio.

–La última vez que estuve aquí era antes de Navidad –murmuró Matteo–. Había un árbol en aquella esquina decorado con oro fino y cristal de Murano rojo. En la otra esquina había un pianista tocando villancicos antiguos. Era un sitio especial, Skye –afirmó mirándola.

Ella asintió, era perfectamente capaz de imaginar

la belleza que Matteo había presenciado. Él se agachó y deslizó las yemas de los dedos por el suelo.

–Este mármol es de las canteras del sur, y se tardaron seis meses en traerlo todo en barco –se incorporó para avanzar hacia lo que debió ser la zona de recepción–. Uno de mis antepasados construyó este hotel, y luego cada generación fue añadiendo algo. Sí, creamos un imperio, y sí, tenemos dinero. Pero este hotel…

Se le quebró la voz por la emoción mientras miraba hacia la estancia con tanta impotencia que a Skye se le aceleró el corazón dentro del pecho.

–Mi familia vive en estos muros.

Ella asintió y se apartó de él, no quería exponerse a su mirada en aquel momento porque se estaba dando cuenta de muchas cosas. Aquel sitio lo significaba todo para Matteo, y su padre se lo había arrebatado, negándose a devolverlo.

–Tu padre no lo quería –fue como si Matteo le hubiera leído el pensamiento–. De hecho disfrutó dejando que se cayera a trozos.

–No me lo creo –afirmó Skye en voz baja–. ¿Qué razón podría tener para comprar algo y luego destruirlo?

–Ya conoces la respuesta.

–Venganza –murmuró ella. La palabra la atravesó como un veneno–. La maldita venganza.

–Sí. Cerró el hotel a cal y canto en cuanto le fue transferido. Me dijo que lo habría destrozado si no hubiera estado protegido como edificio histórico.

–Dios, Matteo –Skye cerró los ojos y se sintió culpable–. Lo siento.

–No es culpa tuya, *cara*.

–Pero mi padre te hizo daño. Y ojalá… ojalá…

–Sh –Matteo rodeó el mostrador de recepción y se

quedó mirando a su esposa–. Tú y yo deseamos lo mismo, que esto no hubiera pasado –dejó caer la mano al vientre de Skye–. Pero entonces no tendríamos este regalo. Y creo que nuestro bebé es un regalo, *cara*. Me casé contigo por el hotel, y eso ya no me importa en comparación con el bebé que crece dentro de tu cuerpo. Lo es todo para mí.

A Skye le tembló el corazón dentro del pecho. El amor que Matteo sentía por su hijo aún no nacido la llenaba de felicidad, pero también de envidia por cómo podía hablar así del bebé y permanecer tan cerrado a ella como antes.

Su familia le había arrebatado a Matteo aquel hotel tan preciado para él y estaba muy enfadado. Tanto que se casó con ella para recuperarlo. No podía imaginar los sentimientos de su marido. La fuerza de la desesperación que debió sentir.

–Debió vendértelo de nuevo.

–Sí, *certamente* –reconoció Matteo–. Pero él consideraba que mi padre se lo había arrebatado todo y quería una compensación.

–Las personas no son objetos –dijo Skye sacudiendo la cabeza–. Tu madre eligió estar con tu padre. Si hubiera amado al mío se habría casado con él –hizo una pausa y se llevó una mano a la sien, sintiendo un repentino dolor de cabeza.

–¿Estás bien? –le preguntó Matteo al instante.

–Sí, no pasa nada –murmuró ella–. Solo es un dolor de cabeza. A veces me da cuando vuelo.

–¿Estás segura?

–Sí –asintió Skye–. Estoy bien. ¿Qué hacemos ahora?

Capítulo 11

CREO que deberíamos arreglarlo.

Matteo se quedó mirando a Skye y apartó la vista de Roma que se veía desde la planta superior del hotel. Habían subido a la terraza, y aunque el resto del edificio estuviera en un estado de ruina, en la azotea podía imaginarse el hotel tal y como había sido en el pasado, con la terraza siempre ocupada por la élite de Roma tomando cócteles y escuchando música.

–¿Arreglar qué?

–El hotel –murmuró ella–. Es demasiado bello y demasiado grandioso para dejarlo así.

Matteo se quedó muy quieto y le sostuvo la mirada a su mujer como si nada de aquello tuviera sentido

–¿Quieres arreglar el hotel?

–Sí –pero al ver que él no respondía hizo una breve pausa–. ¿No crees que sea una buena idea?

Matteo compuso una mueca.

–Por supuesto que sí. Era lo que yo quería hacer cuando…

–¿Cuando se lo robaste a tu esposa que no sabía nada? –Skye arqueó una ceja.

–Cuando pudiera –la corrigió él–. Skye…

–No pasa nada –respondió ella con amabilidad–. Lo entiendo. Entiendo por qué este lugar significa tanto para ti. Nunca te perdonaré por lo que hiciste, pero creo que mi padre se lo buscó. Creo que tendría que haberte vendido este lugar. No, creo que nunca debió comprarlo.

–Tuvimos que vender –murmuró Matteo.

–Pero él lo compró solo para destruirlo –reflexionó ella sacudiendo la cabeza–. Quiero arreglar eso.

Matteo la miró a los ojos y fue un momento perfecto y poderoso a la vez. Porque tenía los ojos clavados en los suyos y ella sintió por primera vez que tal vez la amara. Y no se trataba de ella, sino del hotel. El maldito hotel.

Apartó la vista.

–Sé que llevará tiempo. Y mucho dinero. Pero, ¿te lo imaginas?

–No necesito imaginarlo. Lo puedo recordar.

Ella asintió.

–Supongo que tienes alguna idea de cómo empezar.

–Podemos hablar de ello durante la cena –sugirió Matteo.

Skye puso los ojos en blanco.

–Hemos comido en el avión.

–¿Nuestro matrimonio va a consistir en que yo sugiera que comamos y tú insistas siempre en que no tienes hambre? No recuerdo que fuera así antes.

–Antes tenías una manera de vaciar mi energía y aumentar mi apetito constantemente.

–Ah, eso es algo que me encantaría hacer ahora, créeme.

A Skye se le puso el estómago del revés y sintió náuseas. De pronto, la idea de comer le resultó infinitamente atractiva.

–Podría comer algo –dijo cambiando a un tema más seguro.

–Y hablaremos del Grande Fortuna –a Matteo le brillaron los ojos.

A Skye se le aceleró el corazón. Él amaba aquel sitio y ella era la dueña. Amaba al bebé que iban a tener. De pronto, el hecho de que no la amara a ella no parecía tan importante. Tal vea podría conformarse con las migajas.

Observó el vestíbulo del hotel con renovado interés.

–Es precioso –dijo sopesando el potencial que tenía.

–Lo fue.

–Y volverá a serlo –caminaron en silencio hacia la puerta, y una vez allí se detuvo–. Gracias por enseñármelo. Supongo que me ha ayudado a entender.

–¿A entender?

–Por qué significa tanto para ti. Si hubiera sido menos especial… –no terminó la frase. No estaba segura de lo que hubiera querido decir.

Matteo abrió la puerta y Skye salió a la calle, mirando a derecha e izquierda. Cruzó al otro lado mientras Matteo cerraba la puerta y se quedó en jarras observando la fachada, imaginándola con los ventanales llenos de geranios rojos.

–¿En qué estás pensando? –le preguntó Matteo acercándose a su lado.

Ella sonrió pensativa.

–En los geranios que vamos a plantar en cada ventana, igual que en tu villa –suspiró–. Antes de… marcharme me gustaba cortar algunos y meterlos en un jarrón.

–Me acuerdo –murmuró él.

–Quiero decir, es una flor muy sencilla y al mismo tiempo es preciosa y resistente y con ganas de crecer –dijo Skye encogiéndose de hombros–. Las puedo imaginar ahí colgadas.

–Yo también –reconoció sin apartar los ojos de ella.

Hablar del hotel con Matteo durante la cena hizo que el proyecto empezara a cobrar vida para Skye, así que cuando tomaron el vuelo de regreso a casa a última hora de la noche y llegaron a Venecia, Skye estaba emocionada.

–No creo que vaya a ser capaz de irme a dormir –murmuró al entrar por la puerta de la villa. Era casi medianoche y tendría que haber estado agotada, pero una extraña sensación le flotaba por el cuerpo.

Las náuseas habían vuelto, y ella sabía por qué. Era la emoción de lo que iban a hacer. No solo el bebé, sino todo lo demás.

El hotel, algo que siempre había visto como intensamente negativo, ahora era algo que contemplaba con entusiasmo. Y también le encantaba. Sí, podía admitir su amor por el hotel. Era muy fácil. Era imposible no amarlo. O tal vez fuera el bebé que llevaba en el vientre lo que la inducía a conectar con los ancestros que tanto significaban para los Vin Santo.

–O podríamos ir a nadar –sugirió Matteo con una mirada sensual que le provocó un escalofrío.

–Tal vez una zambullida rápida –asintió Skye.

Él la tomó de la mano y la guio hacia las escaleras. Skye le siguió hasta que llegaron a la terraza donde habían hecho el amor por primera vez. La noche de bodas. Y de pronto Skye no quiso recordar aquello. No quería recordar nada de su primer intento de matrimonio.

Quería reescribir sobre los recuerdos con otros nuevos. Recuerdos llenos de quién era ahora, la verdad de su relación. Aquello no era una historia de amor, pero había suficiente entre ellos para hacer que aquello funcionara. Siempre y cuando no lo olvidara. Siempre y cuando no volviera a perder el corazón.

–Matteo –murmuró, y él se detuvo al borde de la piscina para mirarla–. Quiero…

No terminó la frase. No había necesidad. Él entendió lo que su mujer necesitaba y quería, era el mismo deseo que sentía en su cuerpo. Dejó caer la boca sobre la suya y la besó, tumbándola sobre el suelo y acariciándola al mismo tiempo con las manos, quitándole la ropa, seduciéndola con la ligereza de su tacto mientras la devoraba con los labios.

Le tomó las manos y se las levantó, colocándoselas detrás del cuello y plegando su cuerpo al suyo de modo que apenas corría el aire entre ellos. Su dominio de ella era casi tan completo como a la inversa. La luna brillaba encima de ellos y la noche estaba cálida, pero Skye se estremeció entre sus brazos. Matteo le deslizó las manos por la espalda, encontró la curva de su trasero y la levantó sin esfuerzo, enredándole las piernas desnudas por la cintura y sosteniéndola contra su cuerpo firme.

Matteo se giró despacio besándole el cuello, moviéndola hacia una de las tumbonas y dejándola sobre ella con reverencia.

¿No era aquello lo que quería, olvidar su primer matrimonio y entrar en aquella relación como si fuera nueva y ellos dos personas distintas?

¿Y acaso no lo eran? Skye no volvería a ser la mujer inocente e ingenua que fue.

Matteo no la amaba. Nunca la había amado. Tal vez fuera inteligente ver su relación como una transacción. Tomar lo que era bueno de ella y no lamentarse de lo que faltaba. Había muchas cosas buenas entre ellos. Pero, ¿podría perdonar a Matteo alguna vez? ¿Quería hacerlo?

Él posó la boca en la suya y le destruyó todos los pensamientos de la mente. Pero Skye tenía miedo. Miedo de la facilidad con la que conseguía que su cuerpo cantara. Miedo de lo mucho que lo deseaba. Miedo de cómo iba a lidiar con los años venideros.

—Esto es solo sexo —susurró cuando Matteo deslizó la boca a uno de sus senos.

—Un sexo perfecto del que nunca me canso —reconoció él con una sonrisa que nada tenía que ver con el tormento emocional que ella sufría.

¿Sería capaz alguna vez de saciarse? ¿Aquello era una cadena perpetua? El corazón le dio un vuelco dentro del pecho. Y sonrió contenta. Nunca había sido capaz de resistirse a él, y tal vez no pasara nada. En aquel momento todo era perfecto. Pero era una perfección que no podía durar. Si al menos fuera capaz de aprovecharla al máximo mientras pudiera…

—¿Matteo?

Era mitad de la noche. No, más tarde. Habían hecho el amor en algún momento del amanecer y luego Matteo había llevado a Skye a su cama, insistiendo en que pasara la noche a su lado. No podía decir por qué le importaba tanto, pero le gustaba sentir su cuerpo acurrucado contra el suyo, ponerle la mano en el vientre. Saber que su bebé estaba allí a salvo.

Gimió, sonrió y depositó un beso en el hombro suave y cálido de Skye. Pero estaba húmedo, cubierto de sudor salado, y al sentirlo en los labios abrió los ojos de golpe.

—Algo va mal —dijo ella con angustia.

Matteo se centró en su rostro. Sudaba por todas partes: tenía el pelo húmedo, estaba pálida y temblaba.

–*Bella*, ¿qué pasa? –Matteo se levantó de la cama y se puso rápidamente los vaqueros–. ¿Skye?

Ella se llevó la mano al vientre y los ojos se le llenaron de lágrimas.

–Algo no va bien –insistió con más angustia todavía–. Tengo miedo.

Fue horrible.

Horrible para él, pero mucho peor para su mujer. Lo único que pudo hacer fue tomarle la mano y susurrarle en italiano mientras la prueba de su pérdida salía lentamente de su cuerpo. La besó y la abrazó, pero Skye no estaba realmente en la habitación con él. Se mostró estoica y valiente, pero estaba claro que había disociado su mente del horror que estaban viviendo.

Tenía los ojos vacíos, igual que su vientre, igual que su alma y sus esperanzas de futuro. El futuro que ambos habían imaginado.

Skye escuchó al médico, que vino para contarle a Skye que a veces ocurrían esas cosas. Escuchó a las enfermeras explicarle que muchas veces las mujeres sufrían un aborto al principio del embarazo y más adelante daban a luz a hijos sanos. Que tenía un porcentaje del ochenta por ciento de llegar a término «la próxima vez». Ella escuchaba con el corazón roto y el cuerpo vacío de la vida que había amado con todo su corazón.

Y solo cuando se quedaron solos y le llevaron algo de cenar con una taza de té se le llenaron los ojos de lágrimas.

–*Cara...* Matteo se acuclilló a su lado y trató de conseguir que le mirara. Pero Skye tenía la vista clavada en la pared.

–Habla conmigo.

No podía. No había palabras.

Agarró la taza de té y le dio un sorbo, contenta al comprobar que el agua hirviendo le escaldó la lengua. Satisfecha porque ese dolor significaba que estaba viva. Que podía sentir.

Porque por dentro estaba muerta.

Estaba fría, vacía y sentía una soledad más oscura de lo que había sentido jamás.

El tubo fluorescente del techo chisporroteó, y Skye lo escuchó como si estuviera en un túnel. Un sollozo silencioso se abrió camino a través de su cuerpo y se apartó de Matteo, no quería que viera su angustia.

–*Bella, per favore...* –gimió colocándole una mano en el muslo.

Skye no se apartó de él físicamente, pero emocionalmente estaba cortando todas las cuerdas que lo unían a él. Estaba rechazando la intimidad y rechazándolo a él, relegándole a una parte de su mente en la que no quería volver a mirar jamás.

–Quiero irme a casa –dijo tras un largo instante.

–Por supuesto. Seguro que pronto podremos marcharnos. Querrán tenerte en observación un poco más para asegurarse de que estás bien.

–¿Bien? –repitió ella con desconfianza. Luego asintió. Porque al parecer era lo que él esperaba–. Estoy bien –dejó la taza de té de plástico en la mesita que tenía al lado y se quedó mirando la superficie.

Matteo frunció ligeramente el ceño, pero al instante lo relajó para que ella no pudiera verlo. Aunque no estaba mirando en su dirección. Tenía el rostro apartado.

Dios, su rostro. Estaba muy pálida. Matteo se incorporó y se fue a sentar a su lado, estremeciéndose al notar cómo Skye se apartaba.

–Por favor –era un susurro. Agarró la sábana y tiró de ella–. Quiero irme de aquí.

–Lo sé, lo sé –Matteo le pasó una mano por el pelo, húmedo por el sudor–. Seguro que muy pronto nos iremos.

Ella se giró para mirarle y se zafó de su contacto.

–Necesito que me saques de aquí. Ahora.

La urgencia de su corazón se comunicó por sí misma a través de sus palabras. Matteo se puso de pie al instante. No había nada que pudiera hacer por ella en aquel momento.

–Lo siento mucho, Skye.

–¿Lo sientes? –susurró ella abriendo los ojos de par en par–. ¿Qué es lo que sientes? Esto es culpa mía, no tuya.

Matteo sacudió lentamente la cabeza.

–No es culpa de nadie. Ya te han dicho que…

–Quiero irme a casa –insistió ella con más urgencia–. Por favor.

Él asintió con un único y tenso movimiento.

–Iré a hablar con alguien –la miró fijamente mientras se dirigía a la puerta–. Tú espera. Será un momento.

Skye no respondió. ¿Qué iba a hacer?

¿Esperaba Matteo que se levantara y gritara por el conducto del aire acondicionado que necesitaba su libertad? No había ventanas en la habitación ni ninguna vista fuera. Y en cierto sentido le pareció adecuado, como si incluso la belleza de Venecia le hubiera dado la espalda.

Cuando Matteo regresó unos minutos más tarde

fue con una médico que llevaba un informe en la mano. Sonrió con simpatía a Skye mientras la miraba.

–Me alegro de darle el alta –dijo sin más preámbulo–. Siempre y cuando vuelva dentro de una semana o a la primera señal de complicaciones.

–¿Qué tipo de complicaciones? –preguntó Matteo.

–Infección. Subida de temperatura. Cualquier cosa fuera de lo habitual, ¿de acuerdo?

Skye se mordió el labio inferior y asintió aunque en realidad no había entendido.

–Bien. De acuerdo. Gracias –sus palabras sonaban normales, pero nada era normal. Era como si el mundo entero se hubiera salido del eje.

–¿Cuidará usted de ella?

–Sí –respondió Matteo con un gruñido.

Skye cerró los ojos con fuerza. Aquella palabra de una sola sílaba sonaba falsa. Y completamente innecesaria.

–Estaré bien –aseguró Skye forzando una sonrisa. Le supo amarga en los labios, pesada y húmeda a la vez. La borró casi al instante.

Las imágenes que había permitido que le poblaran la mente se estaban desintegrando como nubes que no podía agarrar. Cerró los ojos y trató de imaginar al bebé que iban a tener. Pero ya no estaba. No le venía a la mente la cara regordeta. No podía recordar los hoyuelos que había visualizado ni los rizos oscuros.

No podía verlo. No podía sentirlo.

Sintió una oleada de pánico y luego náuseas y se incorporó instintivamente. Matteo la rodeó al instante con sus brazos, sosteniéndola. Olía muy bien y podía sentir su fuerza. Pero todo aquello estaba mal.

Se puso tensa y se apartó de él, tragando saliva para pasar le nudo de dolor que tenía en la garganta.

Ya tendría tiempo para procesar todo aquello. Por el momento estaba en modo supervivencia.

Un barco taxi los esperaba para llevarlos a casa. Y el operario estaba de un humor bastante más alegre de lo que Skye o Matteo podían tolerar. Se sentaron en silencio, paralizados y en estado de shock mientras la embarcación se dirigía a casa de Matteo.

Era una mañana limpia y soleada.

Pero el corazón de Skye solo sentía frialdad.

Cuando el barco se detuvo cerca de la villa, Matteo le ofreció la mano para ayudarla a salir. Solo la aceptó porque todavía tenía dolor y estaba incómoda. Pero fue durante el menor tiempo posible.

No quería tocarle. No quería sentir su contacto.

—Gracias —murmuró mirando hacia la villa. Los geranios la sonreían y la animaban.

Apartó la vista de ellos. Hizo también lo posible por bloquear la luz del sol.

—Vamos, *cara* —Matteo le puso la mano en la parte baja de la espalda. Ella dio un paso adelante y se zafó, moviéndose lo más rápidamente posible hacia la puerta de entrada.

Todo era distinto.

No como antes, cuando volvió a su matrimonio y se consideraba desgraciada. Ahora sí que era desgraciada, y lo veía todo a través de un velo de desesperación.

Todavía era temprano por la mañana, y apenas habían dormido. Las últimas veinticuatro horas pasaron delante de su mirada como una especie de película. Habían estado en Roma y allí lo pasaron muy bien mirando el hotel e imaginando cómo podrían curar las heridas que habían causado su decadencia. ¿Había pensado Skye que aquello podría hacer que Matteo la amara?

Sí.

Había sentido que era un principio, cuando en realidad era un final.

Porque, ¿qué propósito tenía ahora su matrimonio? No había amor. No había bebé. No tenía sentido quedarse en Venecia con Matteo.

Capítulo 12

TIENES que comer algo.

Skye no sonrió, aunque una parte de ella recordó el número de veces que Matteo le había dicho lo mismo. Pero entonces estaba embarazada, y su preocupación tenía sentido. Le preocupaba el bebé.

¿Pero ahora? Skye sacudió la cabeza. No tenía por qué preocuparse por ella.

En los tres días que habían transcurrido desde el aborto había sobrevivido a base de té y galletas, y apenas se había movido del sofá. Se quedó mirando Venecia, pero en realidad no la veía. Se limitaba a sobrevivir.

—No tengo hambre —dijo porque Matteo parecía estar esperando una respuesta.

—Pero tu cuerpo se está recuperando. Debes ponerte fuerte, Skye.

—¿Por qué? —le preguntó ella, aunque en realidad no era una pregunta, sino más bien una palabra que le salió al suspirar.

—Porque sí. Necesito que estés bien

Skye no le miró. No podía.

—¿Por qué?

Matteo se puso de cuclillas a su lado y le colocó una mano en el muslo.

—Porque eres mi mujer.

Ella se estremeció como si la hubiera amenazado.

–No.

Matteo se quedó muy quieto y la observó durante varios y largos segundos, y luego abandonó la conversación. No porque quisiera evitarla, sino porque no quería importunarla más. Podía sentir su respiración agitada y las mejillas sonrojadas. Lo dejó estar por el momento.

–¿Te apetece un té?

–No –ahora se giró para mirarlo. No había nada familiar en el rostro de Skye. Estaba alterada y fría, completamente distinta. Apenas reconocía a la mujer con la que se había casado. Tenía el rostro pálido y el pelo pegado. Y los ojos llenos de oscuridad y tristeza.

Matteo sintió una punzada en el pecho.

–Si me prepararas los papeles te entregaré el hotel antes de irme.

Matteo se quedó paralizado y se le puso el cuerpo tenso.

–¿Antes de irte? ¿Dónde tienes pensado ir, Skye?

Ella volvió a apartarse y se quedó mirando hacia Venecia. Resultaba perfecta tras la ventana. Luminosa y brillante, con el cielo azul.

–A casa. Me quiero ir a casa.

–Estás en casa –aseguró él con urgencia.

Skye tragó saliva.

–No.

–Estamos casados y vivimos en…

Ella lo interrumpió.

–Si ya no hay bebé no tiene sentido que yo esté aquí.

–Claro que lo tiene –afirmó Matteo con rotundidad–. Por Dios, Skye, esto no cambia nada. Es… una razón todavía más poderosa para que te quedes. Quiero… no puedes irte. Quiero que estemos juntos.

Quiero formar una familia contigo. Skye, algún día. Este no era el momento adecuado. No tenía que pasar. Pero eso no significa que no podamos tener más bebés algún día…

–¡No! –le espetó ella apartándose.

Apartándose de sus palabras, de cada expresión pronunciada para hacerla sentirse mejor, pero que tenía exactamente el efecto contrario.

–Dios, no lo hagas.

–*Cara* –le dijo con dulzura–. Lo estás pasando mal. Yo también. Necesitaremos tiempo antes de volver a sentirnos como antes.

–Tú no tienes ni idea de lo que siento –aseguró Skye alzando la cabeza–. Así que no me digas cómo se supone que tengo que actuar. No me digas que volveré a ser como antes.

Matteo asintió con empatía, pero cuando habló lo hizo con determinación.

–También era mi bebé. ¿Crees que eres la única que está sufriendo?

Skye aspiró con fuerza el aire.

–¿Ahora intentas que me sienta culpable?

Él suspiró.

–No, en absoluto. Pero no estás sola en esto.

–Sí lo estoy –Skye cerró los ojos para lidiar con todo el dolor y la tristeza que la atenazaban–. Y quiero estarlo –se tumbó en el sofá y le dio la espalda mientras cerraba los ojos.

Hizo varias respiraciones con los ojos cerrados y se sintió invadida por la tristeza; finalmente podía volver a ver al bebé. Podía ver su carita y los hoyuelos que había imaginado que tendría. Sollozó libremente, pensando que estaba sola. Sollozó con todo el dolor de su corazón. Y no estaba de luto por el bebé, sino por todo. Por la pérdida de la esperanza. De su creencia de que podría encontrar su propio «y fueron felices para siempre».

–No estás sola –dijo finalmente Matteo después de tanto tiempo que creía que se había ido–. Yo estoy aquí contigo.

Skye sollozó todavía más, tanto por el bebé como por su amor. Por la vida que había imaginado que le esperaba.

Todo era una mentira, como todo en ellos.

–Ojalá nunca te hubiera conocido. Ojalá nunca me hubieras hablado.

–Sh, sh –murmuró Matteo dándole palmaditas en la espalda.

–Te odio –sollozó ella contra el cojín–. Te odio muchísimo.

Skye no dormía, solo daba algunas cabezadas. Estaba agotada, pero en cuanto cerraba los ojos el pánico la despertaba. Sentía como si se estuviera ahogando y no había nada que pudiera evitar que se le llenaran los pulmones de agua.

Se despertó así temprano al día siguiente, y se dio cuenta de tres cosas.

Había un vaso con geranios colocado en la mesita que tenía al lado. Y supo quién lo había puesto allí. El gesto le congeló el corazón, porque era al mismo tiempo dulce y sin ningún significado.

Matteo estaba dormido al otro lado de la habitación, sentado en una butaca y vestido con ropa de calle. Parecía tan agotado como ella se sentía.

Y Skye tenía hambre.

Se levantó en silencio del sofá para no despertar a Matteo y entró en la cocina. No estaba ni Melania ni nadie. Se preguntó vagamente si Matteo se lo habría contado a Melania. Si le habría pedido incluso que les dejara algo de espacio.

La nevera estaba llena, como siempre, pero cuando Skye la abrió y miró dentro no supo decidirse.

Optó por un cruasán pequeño solo porque podría comérselo sin tener que prepararlo. Se lo llevó a la terraza y se quedó mirando la ciudad, sintiendo el dolor por aquel lugar que nunca sería su hogar.

–*Cara.*

La palabra fue pronunciada con rotundidad. Se dio la vuelta con las mejillas sonrojadas por una sensación parecida a la culpa. Matteo tenía un aspecto… terrible y delicioso a la vez. Skye atemperó aquel deseo primario. No volvería a responder a su llamada nunca más.

–Pensé que te habías ido.

Ella parpadeó y apartó la mirada de él para dirigirla hacia Venecia.

–No.

Sintió cómo se movía detrás de ella y se preparó para el inevitable contacto físico. Tal vez porque entendía lo que necesitaba, la mayor parte del tiempo Matteo mantenía cierta distancia y le dejaba espacio.

–¿Cómo te sientes hoy?

Skye se encogió de hombros. ¿Qué palabras podía encontrar para decir cómo se sentía?

–Ven a descansar un poco más –le dijo con dulzura–. Es pronto.

Ella asintió pero no se movió.

–No lo entiendo –dijo finalmente–. No entiendo qué ha pasado.

Matteo tragó saliva. Skye lo vio y se preguntó cuáles serían sus sentimientos.

—La médico dijo que seguramente el bebé tendría alguna anomalía genética. Algo «incompatible con la vida», dijo.

Skye cerró los ojos, saber aquello causó más culpabilidad en su herido corazón.

—No podrías haber hecho nada de forma distinta.

—Claro que sí. Era mi bebé. Mi cuerpo. Debería haber…

—No podías hacer nada —insistió él.

—¿Sabes qué pensé hace solo una semana? Te dije que ojalá tuviera este bebé con otra persona —se le quebró la voz—. Pero en realidad quería decir que ojalá no estuviera embarazada de ti.

Skye dejó que aquellas palabras dieran en el blanco, extrañamente complacida cuando el bronceado rostro de Matteo palideció y cerró los ojos un instante.

—Deseé no estar embarazada, y ahora no lo estoy.

—Una cosa no tiene nada que ver con la otra —dijo tras un instante con tono amable.

—No me merecía ese bebé —susurró ella—. Por eso lo he perdido.

—No, basta. Tienes que parar —Matteo frunció el ceño con expresión sombría—. No te atormentes con lo que podrías haber hecho de otra manera —apretó los labios—. Si alguien ha cometido errores aquí ese soy yo. Si alguien podría haber hecho las cosas de otra manera soy yo, no tú.

Matteo dirigió la mirada hacia el canal.

—Lo siento, Skye. Todo lo que te he hecho.

Ella giró la cabeza para mirarle y vio sus ojeras, la barba incipiente que indicaba una falta de interés en el aseo, la boca curvada hacia abajo.

Sintió tristeza por él. Y por sí misma. Y por el bebé.

Una semana después de la pérdida, Skye ya no sentía incomodidad física. Su cuerpo volvía a ser el mismo. Pero su mente y su corazón nunca volverían a estar igual. Se despertó una mañana temprano y fue a la terraza, zambulléndose en el agua llevando únicamente la ropa interior. Nadó durante una hora arriba y abajo, confiando en agotarse hasta el punto de poder finalmente dormir. Dormir de verdad, no con el tormento de los sueños sobre cómo habría sido su bebé y la certeza de que había perdido algo que nunca podría reemplazar.

Una semana después, y había aprendido a entumecerse ante el dolor. Al menos parte del tiempo. Y había aceptado que tenía que seguir adelante.

Mientras tanto, Matteo la observaba. Había estado cerca de ella sin invadir su espacio, había aceptado el estado de no comunicación esperando el momento en el que ella se abría de nuevo a él.

Pero su espera era inútil, porque nunca lo haría.

Más tarde, aquella noche, cuando Melania hubo preparado la mesa para la cena, Skye se sirvió una copa de vino y se la bebió casi entera. Luego la dejó sobre la mesa y fue en busca de Matteo.

Cuando lo encontró sintió que se le rompía de nuevo el corazón.

Estaba en su estudio y tenía en la mano el juguete que había comprado para el bebé.

El suelo se abrió bajo sus pies y Skye necesitó de toda la fuerza que había intentado recuperar para no echarse a llorar.

–He pedido un taxi –murmuró–. Estará aquí enseguida. Creo que deberíamos hablar de la logística del divorcio antes de que me vaya.

Dios, aquellas palabras le habían sonado tan asépticas y profesionales cuando las ensayó. Pero ahora le resultaban equivocadas.

Matteo alzó la mirada hacia ella. Tenía los ojos sospechosamente húmedos.

–¿Por qué?

Skye no supo si estaba hablando del bebé, de ella o de otra cosa. Sacudió la cabeza y le miró. Esbozó una sonrisa débil.

–Este no es mi sitio. Quiero irme a casa.

–Eres mi mujer.

Skye ignoró la frase. Se la había dicho muchas veces, y sabía que aquellas palabras no significaban nada.

–Solo hasta que se tramite el divorcio –tragó saliva para calmar el dolor–. Hemos perdido a nuestro hijo, Matteo –dijo como si él no lo supiera–. Aquí no queda nada.

Matteo cruzó la estancia a toda prisa y dejó caer el juguete al avanzar.

–¡Claro que sí! –habló con urgencia–. Estamos nosotros. Tú y yo.

Ella sacudió la cabeza.

–No.

–No quiero que te vayas. Te necesito…

Skye cerró los ojos; el corazón se le retorció dolorosamente dentro del pecho a pesar de que creía que no le quedaba más dolor que sentir.

–¿Por qué? ¿Por qué me necesitas?

–¿Por qué me necesitas tú? –presionó él poniéndole la mano en el pecho, sintiendo el latido de su corazón.

Porque lo amaba. Porque era parte de ella.

Estiró la espalda y se distanció mentalmente de él.

–Yo no te necesito –y quería que así fuera–. Tengo que empezar a olvidar.

–No, por favor –Matteo levantó las manos para tomarle la cara y Skye vio todo el dolor que estaba sintiendo. Se sintió culpable por ello. Por el bebé que le había ofrecido y que luego había perdido–. No olvides.

–¿Por qué no? –le espetó ella centrándose en un punto lejano de la pared–. Te miro y... recuerdo todo. No quiero recordar –se aclaró la garganta–. No quiero que me pagues nada por el hotel. Nunca debieron arrebatártelo.

Le puso la mano en la suya, permitiéndose aquel momento de debilidad. Cerró los ojos y aspiró su aroma.

–Cuando esté terminado puede que vuelva y me quede a pasar una noche.

Pero era algo que no tenía intención de hacer. Cuando se marchara no volvería a poner un pie en Italia.

–Esto es una locura. Ahora estás de luto, los dos lo estamos, pero eso no cambia nada respecto a nuestro matrimonio. Antes incluso de lo del bebé, yo no quería que te fueras. Eres mi mujer y me amas.

Skye se estremeció levemente. ¿Tenía algún sentido negarlo? ¿A él, a sí mismo? Le amaba. Era un hecho incuestionable.

–Pero tú no me amas a mí –le miró–. ¿O sí?

Matteo se la quedó mirando y durante un instante Skye creyó que lo iba a decir. Se preguntó cómo sonaría, cómo sería escuchar aquellas palabras de sus labios y saber que iban dedicadas a ella. Pero entonces se apartó de ella y recogió el juguete del suelo.

–Significas más para mí de lo que me ha importado ninguna otra mujer jamás.

Skye apretó los labios ante aquel cumplido tan frío.

–Vamos a hablar en el comedor –murmuró.

–¿Nuestra última cena? –preguntó él clavándole la mirada.

–No puedo quedarme –Skye se dio la vuelta y salió casi corriendo por el pasillo–. Ya no hay bebé y no hay amor. Este matrimonio es una broma cruel.

Matteo fue detrás de ella y le agarró la mano, de modo que Skye se paró en seco y chocó contra él.

–Yo no sé nada del amor –afirmó él con crudeza–. La única vez que creí sentirlo me equivoqué por completo. No sé nada respecto a lo que se supone que debe sentir el corazón. Y estoy cansado de escuchar a la gente hablar del corazón como si fuera el principio y el fin de lo que se supone que un hombre debe darle a una mujer. ¿Te amo? ¿Tienes mi corazón?

Se la quedó mirando y Skye contuvo el aliento sosteniéndole la mirada.

–No, *cara*. Tienes todo mi ser. Mi sangre. Mi cuerpo. Mi mente. Todo yo soy tuyo, y ha sido así desde el momento que te conocí. Cuando digo que te necesito no lo digo del modo que tú crees. No me refiero al sexo. Te necesito como necesito el aire y el agua. No eres menos importante para mí para sobrevivir que esas cosas. Creí que me había casado contigo por el hotel.

Le puso un dedo en los labios para silenciar cualquier cosa que ella hubiera querido decir.

–Pero al principio de aquellos días, cuando tú te

enamoraste de mí, a mí me estaba pasando exactamente lo mismo.

Sus palabras la atravesaron; eran exactamente lo que habría necesitado oír quince días antes. Pero ahora solo servían para aumentar su dolor.

–¡No digas eso! No tienes por qué mentirme, Matteo. Puedes quedarte con el hotel. Puedes dejarme ir. Puedes seguir adelante con tu vida…

–¡Tú eres mi vida! Sí, quería el hotel. Pasé mucho tiempo deseándolo e hice todo lo que estuvo en mi mano para recuperarlo. Pero eso no cambia nada de lo que quiero ahora –le tomó el rostro entre las manos y la miró a los ojos.

–¿Cómo es posible que no veas lo que eres para mí? ¿Por qué necesitas que defina lo que siento por ti por el modo en que otra gente siente? Nada de lo que tú y yo somos ha existido antes, ¿de verdad crees que esto es solo amor? ¡Esa es una descripción insípida, aburrida y vulgar de cómo me siento! Desprecio esa palabra, como si decirla cambiara algo. El amor es un sentimiento que puede ser efímero y barato que mucha gente asegura haber sentido. Se lanza esa palabra como si fuera confeti emocional. ¡Eso no es lo que somos tú y yo! ¡Nadie ha sentido esto nunca! Le dije en su momento a otra mujer que la amaba y, sin embargo, nunca sentí por ella lo que siento por ti. Empobrece lo que somos. Tú eres mi todo. Eres como un universo que vive en mi pecho. ¿Es esto lo que necesitas oír?

Skye se lo quedó mirando. Apenas podía respirar, y en su interior se había desencadenado una tormenta.

–Nunca me habías dicho nada de esto, ni una sola vez. ¿Cómo puedo saber que lo dices de verdad? Sería una estúpida si confiara en ti de nuevo.

–Créeme, *cara*, te lo habría dicho antes si hubiera entendido mis propios sentimientos –tenía el rostro pálido, y Skye no dudó de la verdad de lo que estaba diciendo–. Me casé contigo por el hotel. No me importabas ni tú ni tus deseos. Eso fue al principio. No puedo decirte cuándo cambió eso. Solo sé que ahora tú eres lo único que me importa –sacudió la cabeza enfadado–. Ahora lo veo claro, Skye. He estado tan enamorado de ti todo este tiempo que la idea de volver a perderte me resulta imposible.

Se la quedó mirando un largo instante.

–La primera vez que te marchaste me enfadé mucho. Porque no quería sentir nada. Y cuando volviste querías el divorcio, y pensé que debía dártelo. Ahora veo que firmé aquellos papeles porque me sentía culpable, porque quería deshacer el dolor que te había causado. Quería que fueras feliz porque te amaba. Porque te amaba con todo mi corazón.

Skye sacudió la cabeza, defendiéndose instintivamente contra aquella versión de los hechos que no casaba con cómo se había sentido ella.

La voz de Matteo se hizo más urgente, como si sintiera que ella se alejaba a pesar de todo lo que le estaba ofreciendo.

–Y entonces vino lo del bebé. Una razón para luchar. Para luchar por lo que tenemos.

–Pero el bebé ya no está…

–Ya –una expresión emocionada le cruzó el rostro–. Y lloraremos esa pérdida eternamente. El resto de nuestras vidas. Pero la lloraremos juntos.

Ah, su corazón. El corazón que le dio a Matteo, el corazón que él rompió, el corazón que ahora estaba hecho pedazos, el corazón vacío. Ese corazón rechazaba todo lo que Matteo decía.

–Tenías razón –susurró Skye apartándose–. El amor es una mentira. Todo es una mentira. No puedo quedarme. Aquí hay demasiado dolor.

–Pero también hay muchas cosas buenas –murmuró él.

–No las suficientes –parpadeó Skye–. Toda mi vida he buscado el amor, y me enamoré de alguien que no sabe ni lo que eso significa.

–Te acabo de decir…

Skye tragó saliva e intentó ordenar sus pensamientos.

–Sé que no era solo el hotel. Ni era solo el bebé –se le quebró la voz al nombrarlo–. A ti no te gusta perder, Matteo. Y si yo salgo por esa puerta, pierdes.

–No me importa perder. Lo que no quiero es perderte a ti.

Ella le miraba desafiante pero utilizó un tono suave.

–No más mentiras. Déjame marchar. Finjamos que esto nunca ha ocurrido.

Capítulo 13

S KYE se quedó mirando las flores del puesto y finalmente optó por llevarse unos gladiolos. Caminó de vuelta a casa con ellos en la mano. Hacía un día muy bueno a pesar de que ya era casi otoño, y la gente que se estaba tomando algo en el bar había invadido la calle. Skye se dirigió hacia el portal de su casa, la abrió y subió las escaleras. Luego abrió la puerta como si le pesara una tonelada.

Tareas tan sencillas como abrir una puerta se le habían vuelto pesadas desde que salió de Italia, pero sabía que eso no duraría mucho. Algún día volvería a sentirse bien. Y las flores ayudarían.

Su casa estaba oscura y fría a pesar de que hacía buen día. Pasó por encima del correo que estaba tirado en el suelo desde hacía más de una semana, frunció el ceño y decidió con un suspiro resignado que había llegado el momento de recogerlo. Podría ser una buena lectura al acostarse, pensó. Arrojó las cartas sobre la mesa sin ninguna ceremonia y se desnudó para meterse en la ducha.

El agua estaba caliente y disfrutó de la sensación, negándose a pensar en Italia, en Matteo y en el bebé. Era allí, en la soledad de la noche de su enorme casa, cuando finalmente se permitía reconocer que el dolor no estaba mejorando. Que se hacía más fuerte cada día que pasaba lejos de Matteo.

En aquel punto era donde siempre se cuestionaba su decisión, aunque estaba segura de que había hecho lo correcto al dejarle. Para protegerse de los peligros de amar a un hombre como Matteo y vivir con el miedo a perder su favor.

Salió de la ducha, se puso el camisón y se tumbó en la cama dispuesta a hacer el esfuerzo de abrir al menos cinco cartas. Las tres primeras eran invitaciones a fiestas y eventos. Las apartó a un lado, sabiendo que no estaba de humor para celebraciones. La cuarta era un folleto publicitario que apartó sin leer. La quinta era más gruesa que las demás. La abrió, sacó el primer papel y contuvo el aliento.

Le temblaron los dedos al estirarla. El emblema de Vin Santo resultaba inconfundible. Deslizó la mirada por las letras escritas a mano.

No significa nada sin ti

El corazón se le aceleró, y por primera vez desde que salió de Venecia sintió cómo se le sonrojaban las mejillas y algo parecido a la alegría la inundaba. Sacó entonces lo que estaba detrás de la primera hoja. El contrato que ella le había enviado para transferir el hotel. Estaba tal cual Skye se lo había enviado pero con una excepción: Matteo había puesto una enorme cruz negra en cada página y no había firmado ninguna.

Se estremeció, apoyó la cabeza en la almohada y cerró los ojos con la carta apretada contra el pecho. «No significa nada sin ti». El hotel era lo único que a Matteo le importaba, la razón por la que se había casado con ella. Y Skye se lo estaba ofreciendo ahora sin ataduras ni reproches.

¿Estaría hablando con el corazón? ¿Por qué no aceptaba Matteo el hotel y terminaban con aquello?

Skye abrió los ojos de golpe. Por primera vez desde hacía un mes, sabía lo que tenía que hacer. El hotel tenía que regresar a manos de su legítimo dueño. Matteo tenía que arreglar el daño causado por la venganza de su padre. Podía surgir algo bueno de aquella pila de tristeza.

Y ella tenía que hacérselo ver.

Matteo se quedó mirando el correo electrónico sin entender nada. El abogado de Skye le estaba pidiendo que se reunirán en persona. Y él sabía de qué iba el asunto.

El maldito divorcio.

En las cinco semanas que habían pasado desde que ella se marchó, había empezado a pensar que tal vez el silencio fuera oro. Que había cambiado de opinión. Que tal vez necesitaba espacio para su duelo, para asumir la pérdida, pero que se daría cuenta de que le había hablado desde el corazón.

Matteo le había dado el espacio que necesitaba; le debía al menos eso. Y cada día que pasaba confiaba en que cambiaría de opinión. Pero ahora…

Sacudió la cabeza, sacó el móvil y marcó el número que estaba en lo alto de la pantalla.

–Matteo Vin Santo. Quiero concertar una cita con Charles Younger.

Skye se quedó mirando la vista de Londres, preguntándose sobre su traición. Siempre le había encantado aquella ciudad y, sin embargo, ahora solo veía el cielo gris y los monolitos de acero. No veía cómo el sol brillaba en los edificios ni cómo el Támesis atravesaba el corazón de la ciudad como una savia poderosa.

Deslizó la mirada hacia el reloj y se le aceleró todavía más el pulso. Matteo se retrasaba.

¿Y si no venía? Se mordió el labio inferior y se apartó de la ventana para acercarse a la mesa de la sala de juntas. Había una selección de pastas, jarras con zumo de fruta y botellas de agua.

Skye optó por el café. Se sirvió una taza y la sostuvo entre las manos. Le resultaba tranquilizador sentir su calor y su reconfortante aroma.

Escuchó un sonido al otro lado de la puerta y se quedó paralizada, preparándose para lo que estaba por llegar, consciente de que iba a necesitar toda su astucia para atravesar la siguiente parte del día.

Se abrió la puerta y entró Charles Younger, un hombre muy atractivo de sesenta y pico años.

–Hola, Skye –la saludó con una sonrisa.

Pero ella no miraba a Charles. Sus ojos buscaron instintivamente al hombre al que llevaba tanto tiempo sin ver. Matteo entró en la estancia y todo se quedó paralizado. Y vio la palidez de su piel y las ojeras, la barba incipiente más pronunciada que nunca, y cómo el traje, que normalmente le sentaba como un guante, no le quedaba tan ajustado.

Vio lo roto que estaba.

Y un sollozo se abrió paso en el interior de su pecho. Lo contuvo haciendo un esfuerzo porque sabía que tenía que ser fuerte.

–Estaré fuera –dijo Charles en voz baja.

Skye asintió brevemente y cuando el hombre salió se hizo un silencio. El aire se volvió más denso.

–Skye –murmuró Matteo dando un paso en su dirección y luego deteniéndose–. ¿Cómo estás?

–Estoy… –ella frunció el ceño. ¿Cómo podía responder? Parecía que él no había dormido desde hacía semanas, y tampoco comido–. ¿Te apetece algo? ¿Un cruasán? ¿Pastas?

Él negó con la cabeza.

–Me alegro de que hayas venido –aseguró Skye en tono suave. Luego se aclaró la garganta y volvió a intentarlo–. Toma asiento, por favor.

Matteo arqueó una ceja pero hizo lo que le decía, se acercó a un lado de la mesa y se sentó en una silla como si le perteneciera. Era una habilidad innata que poseía, pensó sentándose enfrente. Se colocó la taza de café delante y vio el momento en el que Matteo dirigió la mirada a sus manos. ¿Se daría cuenta de que no llevaba el anillo de boda? ¿Le importaba?

Sí. Claro que le importaba. No podía negar que Matteo lo estaba pasando mal, igual que ella.

La información le resultó extraña. Como un peso que no sabía cómo llevar.

–Bueno, Skye –dijo con tono seco–. ¿Por qué estoy aquí?

Ella asintió, entendiendo que quería terminar con aquello tan rápidamente como ella. Sintió un dolor en el pecho.

–Recibí tu carta –dijo ella sin mirarlo a los ojos–. Con el contrato sin firmar.

Se hizo un silencio en la sala.

–La envié hace mucho tiempo.

Ella se encogió de hombros.

–Acabo de leerla.

–Entiendo –Matteo se reclinó en la silla y ella se atrevió a mirarlo a la cara, pero al instante lamentó

haberlo hecho porque sintió como si todo el cuerpo le
ardiera en llamas. Sintió escalofríos de deseo.

–Quiero que tengas el hotel –Skye se inclinó hacia
delante–. Se merece recuperar su antiguo esplendor.

Él entornó los ojos.

–Tú puedes remodelarlo.

Ella reculó como si le hubiera abofeteado. ¿Cómo
iba a hacerlo? ¿Cómo iba a entrar en un lugar que era
como el testamento vivo de Matteo?

–No –afirmó con rotundidad–. No lo quiero.

–Yo tampoco –murmuró él–. A menos que tú for-
mes parte del trato.

–No más tratos –suplicó Skye–. Solo sentido común.

–¿Sentido común? –Matteo arqueó una ceja y
luego se levantó, acercándose a la ventana.

Los ojos de Skye capturaron cada detalle de él,
devorándole con la mirada aprovechando que estaba
de espaldas. Se dio cuenta de que estaba efectivamente
más delgado. Y tenía el pelo más largo. Que había
experimentado una transformación física por lo que
había vivido.

Y sintió una punzada de culpa. Perder al bebé había sido una pesadilla para ella. Pero, ¿qué pasaba con
Matteo? No podía negar que él deseaba aquel niño.

–¿Cómo estás tú? –susurró ella con el tono cargado de agonía.

–¿Cómo estoy yo? –se dio la vuelta y la miró fijamente. Los ojos le brillaban con arrogancia y dolor–.
¿Cómo estoy yo? –repitió cruzando la estancia para
acercarse a ella.

Skye contuvo el aliento y sintió su acercamiento
como un castigo y un peligro a la vez.

–Estoy hecho trizas, Skye.

Aquella vez no fue capaz de contener el sollozo. Salió, pero ella no dijo nada. Solo podía quedarse mirando y sentir. Sentirlo todo a la vez. Todas sus esperanzas, necesidades y deseos.

—Estoy hecho trizas —repitió Matteo poniéndose de cuclillas frente a ella sin tocarla—. Soy la mitad del hombre que era desde que te marchaste. He pasado estas semanas necesitándote, necesitando escuchar tu voz, saber que estabas bien. Preocupándome por ti, deseando estar contigo. He pasado todos estos días lleno de rabia por mi propia estupidez. Y lo peor de todo es que tienes razón. Has hecho bien en dejarme. Después de lo que te hice, ¿cómo puedo esperar que me sigas queriendo? Me ofreciste tu corazón una vez y no fui lo bastante hombre para darme cuenta del regalo que me hacías. ¡Un maldito hotel! Te cambié por un maldito hotel.

Skye se lo quedó mirando con la piel de gallina.

—He pasado toda mi vida queriendo ese maldito edificio, hasta el punto de estar ciego ante lo que teníamos. Odiaba a tu padre y pensé que al casarme contigo estaba llevando a cabo una especie de venganza. Y sin embargo él ha sido quien rio el último porque esto también lo he estropeado. Me enamoré de ti y parece que he hecho todo lo posible por apartarte de mí.

Matteo se pasó una mano por el pelo.

—Me he atormentado con los recuerdos de lo que te dije. De lo que te hice. De cómo te hice sentir que solo valoraba tu cuerpo porque fui demasiado orgulloso para admitir que me tenías completamente entregado.

Skye contuvo otro sollozo.

—No te merezco. Lo sé. Pero incluso ahora, necesito que lo entiendas. Esto es decisión tuya. Si me quieres, soy tuyo. No espero que me des otra oportunidad, Skye, pero si quieres hacerlo...

Matteo le tomó la mano y se la llevó al pecho. Luego puso la suya en el de Skye.

—Siente cómo laten al unísono. Nuestros corazones saben lo que a nosotros nos cuesta tanto entender.

Ella sacudió la cabeza. Tenía los ojos llenos de lágrimas.

—Matteo...

Él le apartó la mano del pecho y sacó algo del bolsillo delantero de la chaqueta. Era una cajita de terciopelo verde, y Skye se quedó paralizada. Miró a su marido y luego a la cajita. Antes de que pudiera decir nada, Matteo abrió la tapa y Skye deslizó la mirada hacia el anillo.

Y el pecho le dio un vuelco.

Era perfecto. Sin pensar en lo que hacía, agarró el anillo y lo levantó, observando los detalles maravillada. Era de oro rosado con intrincados dibujos grabados en la estrecha banda, y había pequeños diamantes engarzados por todas partes. No eran de gran tamaño ni de un enorme valor, pero eran preciosos.

—Es... es muy bonito —dijo volviendo a dejarlo en la caja.

Matteo esbozó una tenue sonrisa.

—Es el que tendría que haber elegido la primera vez. Tú prefieres la belleza antes que el precio.

Skye tragó saliva y apartó la mirada.

—El hotel...

Matteo sacudió la cabeza y la interrumpió.

—Yo odiaba a tu padre, Skye. Le he odiado prácticamente toda m vida, en proporciones casi épicas. Vine a Londres deseando más que nada en el mundo tener ese hotel. Esperaba odiarte, y pensé que podría utilizarte sin ningún remordimiento.

Skye sintió cómo se le endurecía el corazón y alzó la barbilla, diciéndose que debía ser fuerte.

—Pero entonces te conocí y todo cambió. El mundo empezó a girar en una dirección completamente distinta. El odio se volvió amor, pero yo no quería creerlo. ¿No ves que te he amado durante todo este tiempo?

Una tenue llama de esperanza se abrió paso en el pecho de Skye.

—Pero seguías queriendo recuperar el hotel.

—Eso es algo que siempre lamentaré —murmuró Matteo—. Algo que ahora intentaré arreglar si me dejas. Lo quiero fuera de nuestra vida. Lo significaba todo para mí porque era una parte importante de la historia de mi familia. Pero no pondré en peligro nuestro futuro en nombre de mi pasado.

Skye tragó saliva, las palabras de Matteo despertaron algo en ella.

—No sé qué pensar. No sé que decir. Pienso una cosa y siento otra.

—Lo sé, lo sé —asintió él presionando la frente contra la suya—. Y tienes todo el derecho a cuestionarme. Yo sé que nunca volveré a hacerte daño, pero necesitaré tiempo para demostrártelo. Así que te haré la misma pregunta que te hice en Venecia el último día. Sé que no tengo derecho a esperar nada, que no tienes motivos para confiar en mí. Pero… ¿podrías darme una oportunidad para demostrártelo, *cara*?

A ella le temblaba el corazón.

—No… no creo que pueda —reconoció ella—. No me basta con una oportunidad.

—Entonces dime lo que necesitas. Dime qué podría hacerte feliz y lo haré.

–¿Aunque eso signifique no volver a verme nunca?

Matteo apretó las mandíbulas y asintió.

–Sí, Skye –murmuró con emoción–. Nunca dejaré de amarte. Nunca dejaré de necesitarte. Pero te dejaré ir… si eso es lo que quieres.

Y finalmente ella sonrió. Fue una sonrisa que se extendió por toda la cara y por el cuerpo.

–¿Por qué iba a querer que me dejaras ir?

Matteo frunció el ceño sin entender nada.

–Ay, Matteo –su nombre le tembló en los labios–. Ojalá todo hubiera sido distinto entre nosotros –se mordió el labio inferior pensativa–. Ojalá no hubiera habido esa rencilla familiar, ni hotel, ni odio. Pero incluso con todas esas cosas, te sigo amando.

Él apretó los labios.

–Porque eres todo lo bueno y amable que existe. Solo tú podrías amar a un hombre como yo…

Skye alzó la mano para silenciarle y le puso la yema en los labios.

–Me casé contigo porque te amaba. Te dejé porque te amaba demasiado para vivir contigo si tú no sentías lo mismo.

–Pero sí lo sentía, *cara*. He sido un imbécil.

–Sí –murmuró Skye entornando los ojos pensativa–. Sin embargo, ahora que has visto la luz y estás preparado para pasar el resto de tu vida demostrándome cada día lo mucho que significo para ti, sería una tontería por mi parte dejar que alguno de los dos siguiera sufriendo, ¿no crees? –alzó una mano para acariciarle la mejilla–. Los dos lo estamos pasando mal, ¿verdad?

Matteo le recorrió el rostro con la mirada y luego asintió.

–Pues no sigamos así –Skye le sostuvo el rostro con ambas manos.

–¿Qué quieres decir exactamente? –preguntó él con cautela.

–Eres mi marido –Skye acercó la boca de modo que sus labios estuvieron apenas unos milímetros separados–. Y te amo igual que… no, más que cuando nos casamos.

Matteo gimió emocionado y cerró los ojos. Cuando volvió a abrirlos, Skye lo estaba mirando con una sonrisa en los rosados labios.

–No me beses –le advirtió él con voz ronca–. O te devoro aquí mismo.

A ella le brillaron los ojos.

–Entonces, ¿qué te parece si vamos a mi casa?

–¿Ahora mismo?

–Ahora mismo.

No llegaron a la parte de arriba. Apenas consiguieron llegar al sofá. Skye recibió a su marido en su casa y en sus brazos, necesitaba sentirle más que nada en el mundo. Matteo la besó, la abrazó y le hizo el amor de un modo que le demostró lo que ella ya sabía.

La química que había entre ellos no era solo física. Era todo.

Epílogo

Dos años después

–¿Estás listo? –le preguntó Skye a su marido con una sonrisa.

Esperaba estar nerviosa, teniendo en cuenta lo que iban a hacer. Pero era Matteo quien parecía estar al borde de un ataque.

Bueno, era normal. Después de todo aquel proyecto era de los dos. Ambos habían contribuido a que aquello sucediera durante largos y agotadores meses. Y por fin había llegado el momento de enseñarle al mundo lo que los Vin Santo habían conseguido juntos.

–Siempre –le apretó la mano y le recorrió el rostro con la mirada– *Ti amo*.

–Yo también.

Se abrió la puerta del coche y Matteo salió, haciéndose a un lado para dejar salir a su esposa.

Estaba resplandeciente con un vestido de baile negro. Había cámaras por todas partes captando la brillante luz roja de los geranios que colgaban de cada habitación del hotel.

–¿Has tenido noticias nuevas de los gemelos? –le preguntó él poniéndole una mano en la parte baja de la espalda.

–La niñera mandó antes un mensaje. Llevan más

de una hora dormidos –asintió–. Nos esperan en el ático.

–Ah, pensé que Francesca nos lo iba a hacer pasar peor –afirmó Matteo.

–No le sienta muy bien viajar –reconoció ella–. Pero solo tiene seis meses. Supongo que es normal a su edad.

–Y es una monada –Matteo guiñó un ojo–. Como su madre.

Skye sintió cómo se sonrojaba, sorprendida de que sus cumplidos tuvieran aquel efecto en ella.

–Y Alfonso es exactamente igual a ti.

–Sí –Matteo torció el gesto–. Lo siento por él. Es de una obstinación impresionante.

La multitud se apartó para permitirles el acceso al hotel. La Nochebuena en el Grande Fortuna por primera vez desde hacía décadas fue tan mágica como Skye había esperado. Fue algo sublime.

–¿Bailamos?

Skye sonrió al escuchar la melodía de un villancico clásico y asintió.

–Sí.

Puso la mano en la de Matteo y él se la sostuvo con fuerza, y con el cuerpo le prometió todo lo que ella ya sabía.

Estaba a salvo con él y él la quería.

Eran una familia,

Y nunca volvería a sentirse sola.

**¡Él es el multimillonario al que debe resistirse…
y al que está irremediablemente unida!**

FRUTO DEL ESCÁNDALO

Heidi Rice

Lukas Blackstone, el magnate de los hoteles, se quedó perplejo al enterarse de que tenía un sobrino huérfano, y se sintió furioso al darse cuenta de la química que tenía con Bronte, la tutora de su sobrino. A pesar de la fuerte atracción, Lukas supo que debía mantenerse alejado de ella. Había aprendido a la fuerza que no estaba hecho para formar una familia. Pero, cuando la llama de la pasión se encendió, sus consecuencias iban a unirlos para siempre…

Acepte 2 de nuestras mejores novelas de amor GRATIS

¡Y reciba un regalo sorpresa!

Oferta especial de tiempo limitado

Rellene el cupón y envíelo a
Harlequin Reader Service®
3010 Walden Ave.
P.O. Box 1867
Buffalo, N.Y. 14240-1867

¡Si! Por favor, envíenme 2 novelas de amor de Harlequin (1 Bianca® y 1 Deseo®) gratis, más el regalo sorpresa. Luego remítanme 4 novelas nuevas todos los meses, las cuales recibiré mucho antes de que aparezcan en librerías, y factúrenme al bajo precio de $3,24 cada una, más $0,25 por envío e impuesto de ventas, si corresponde*. Este es el precio total, y es un ahorro de casi el 20% sobre el precio de portada. !Una oferta excelente! Entiendo que el hecho de aceptar estos libros y el regalo no me obliga en forma alguna a la compra de libros adicionales. Y también que puedo devolver cualquier envío y cancelar en cualquier momento. Aún si decido no comprar ningún otro libro de Harlequin, los 2 libros gratis y el regalo sorpresa son míos para siempre.

416 LBN DU7N

Nombre y apellido	(Por favor, letra de molde)	
Dirección	Apartamento No.	
Ciudad	Estado	Zona postal

Esta oferta se limita a un pedido por hogar y no está disponible para los subscriptores actuales de Deseo® y Bianca®.
*Los términos y precios quedan sujetos a cambios sin aviso previo.
Impuestos de ventas aplican en N.Y.

SPN-03   ©2003 Harlequin Enterprises Limited

DESEO

*Según un estudio detallado, su exmarido era
el hombre perfecto para ella...*

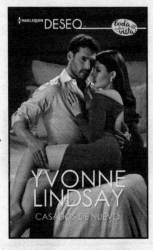

Casados de nuevo

YVONNE LINDSAY

Accedió a conocer a su futuro esposo en el altar... Ese fue su primer error. El asombro de Imogene cuando se encontró cara a cara con Valentin Horvath, su exmarido, fue una conmoción. Según la agencia que los había emparejado, estaban hechos el uno para el otro al cien por cien. Lo cierto era que la mutua atracción que sentían seguía viva. Sin embargo, ¿hundirían ese nuevo matrimonio todos los secretos y malentendidos que habían bombardeado el primero o conseguirían salvarlo?

Bianca

**Era un simple matrimonio de conveniencia…
hasta la apasionada noche de bodas**

UNA ESPOSA PERFECTA

Julia James

Cuando el multimillonario Nikos Tramontes conoció a Diana St. Clair, miembro de la alta sociedad inglesa, de inmediato se sintió atraído por su fachada de doncella de hielo. Y la determinación de Diana de conservar la casa de su familia le ofrecía la oportunidad perfecta para proponer un matrimonio temporal.

Pero, durante la luna de miel, Nikos despertó en Diana un ardiente deseo y la atracción que había entre ellos se convirtió en una pasión arrebatadora.

A partir de ese momento, Nikos no pudo negar que deseaba mucho más de su esposa…

2